穿城而过

田鑫 著

天津出版传媒集团

百花文艺出版社

图书在版编目（CIP）数据

穿城而过 / 田鑫著 . -- 天津 : 百花文艺出版社，

2025. 6. -- ISBN 978-7-5306-9113-7

Ⅰ . I267

中国国家版本馆 CIP 数据核字第 2025NQ1496 号

穿城而过
CHUANCHENG ERGUO

田鑫　著

出 版 人：薛印胜

责任编辑：王　燕　徐　姗

装帧设计：彭　泽

出版发行：百花文艺出版社

地址：天津市和平区西康路 35 号　　邮编：300051

电话传真：+86-22-23332651（发行部）

　　　　　+86-22-23332656（总编室）

　　　　　+86-22-23332478（邮购部）

网址：http://www.baihuawenyi.com

印刷：山东临沂新华印刷物流集团有限责任公司

开本：787 毫米 × 1092 毫米　1/32

字数：115 千字

印张：8.25

版次：2025 年 6 月第 1 版

印次：2025 年 6 月第 1 次印刷

定价：68.00 元

如有印装质量问题，请与山东临沂新华印刷物流集团有限责任
公司联系调换

地址：山东省临沂市高新技术产业开发区新华路 1 号

电话：（0539）2925886　邮编：276017

目录

广场：城市的面孔

如果你不是某座城市的常住民，那么，你之所以记住了这座城市，可能仅仅是因为你记住了这座城市的几座广场而已。它们作为城市的面孔，总是吸引第一次来这座城市的人去一睹它的芳容，并且通过某些手段，让你记住它。这时候，不管你愿不愿意，只要将广场的记忆像拼图一样连接起来，就能拼凑出一座完整的城市。

一

和这座城市其他的坐标不一样，被栏杆封闭起来的南门广场，显得独特且重要。

这么说吧，在宁夏人心里，它的位置和天安门广场在所有中国人心里的位置是一样的。在这座城市只有一座车站的时候，到了南门广场就等于到了银川，第一眼看到的所有东西，既是属于广场的，也是属于银川这座城市的。

在一个网络论坛上，有人发起过一场活动，集体晒那些年在南门广场拍的照片，响应者众。我一一翻看了那些照片，从黑白照片到手机随拍，那么多以南门广场为背景的旧照片中，不管被拍者的表情如何复杂，都能看出兴奋和拘谨来，这和我第一次去北京天安门广场是一样的。

作为城区地图上一个重要的节点，南门广场也是复杂的。如果你去过南门广场，让你准确地描述一下它的话，又似乎找不到准确的词语。就让我来试着表达一下。

在那份5块钱的地图上，南门广场本来被胜利街所环绕，南薰街又硬生生将它一分为二。半圆形的部分，成了广场北，其上是一座修建于明朝的据说和天安门城楼同一时代的门楼。

门楼在"谢绝游览"牌子下，挂着锁。门楼下的长廊里，有人照相，也有人躺在那儿休息。隔着一条街的广场南，是整个南门广场最大的部分，由一个规则的正方形和另一个不规则的长方形构成。正方形中央是一个常年不喷水的喷泉，长方形有时候是停车场，有时候是一些小饰品的临时销售点，也曾出现过摆摊算卦起名字的，后来也不见了。

广场东，很长一段时间里一直是一座汽车站，人们之所以把到了南门广场称为到了银川，就是因为这个原因。不管你从哪个方向到银川来，只要出了车站西门，就和南门广场撞个满怀。

不过，汽车站已经被改造成美食城，建筑的功能发生了变化，每一天里，烧烤、拉面、煎饼馃子等食物，被厨师用火、油、双手，送到人的胃里。这个过程，和中巴车把乘客送到银川是一模一样的。

广场的东南北三面营造出了南门广场的闲适和往来，剩下的西面，则将广场和生活紧紧黏在了一起。银川汽车站还在此处的时候，这里是一排小商店和旅店，向来往于车站的人兜售一些零食和枸杞、红枣等本地特产，同时收留来到这座城市但暂时没有去处的人们。现在，小商店改头换面，基本上形成了快餐、手机和理发店的固定格局。

位于这一排的医院，此前每隔几年换个门头，名字一直变幻不定，不过近几年一直由一家骨科医院坐镇。我没有去过这家医院，不过以它稳定的状态判断，治疗骨头的人更懂得如何让某种产业在城市里扎根。

不要看我将南门广场介绍得如此轻描淡写，根据从前的新闻报道，这里曾因建筑老旧、交通拥挤、偷盗和诈骗频发而让城市治理者头疼：从内部老化的建筑，总是瞅准人多的时候，掉下瓦片和其他建筑材料，砸到人是常有的，好在广场附近就有医院，并没闹出大的动静；交通也没这么让人省心，等着拉客的黑车、走错路的外地车和原本要经过这里的公交车、出租车和私家车，经常在这里乱成一锅粥。交通秩序的混乱，让人丧失了目标和方向感，他们只能狂摁喇叭泄愤，好不容易走出去了，再也不想回头；和糟糕的交通相比，隐藏得很深的偷盗和诈骗行为，不光让人损失财物，甚至对这座城市都感到绝望。

一场声势浩大的旧城改造之过后，广场周边的道路变成了环岛单行线，老旧建筑变成了美食城，香味支撑着它的内部，而无所不在的监控，让偷盗和诈骗无处遁形，悄然消失。

随之消失的，还有这里成群结队的拍照者，他们曾是这里一道独特风景，一个贴满照片的宣传单，一身马甲，以及脖子上挂着的照相机，不知道给多少来过南门广场的人留下过记忆。手机的出现，让他们逐渐从广场上消失，每一部手机都能捕捉到持有者最想要的构图、色彩，每一个瞬间都千差万别，而不是拘谨地站在门楼前。

新的南门广场是什么时候成为网红打卡点的，已经无从考证，不过可以确认的是，它的功能已经随着网络的传播变得越来越有烟火气。你什么时候去，都能在成分复杂的空气中闻到吸引你的味道，街边摊那原始的叫卖声，总能调动起你的味蕾，当你站在摊位前吃着烧烤喝着啤酒的时候，南门广场就变成了相册里拘谨的你的背景。当你在夜晚降临后混在人群里看露天电影，或者用十块钱换几个套圈的时候，南门广场就穿越了时空，回到了自己的小时候。

烟火气，是南门广场最开始的气息，也是贯穿始终的气息。

二

广场舞可能是玉皇阁广场最大的特点。

不过，在说这个之前，得先说说玉皇阁广场的设计特点。

这是一处支配型广场，它的空间直接朝向主要建筑玉皇阁。构造上，一条环形的玉皇阁街将它包裹其中，而东西走向的解放东街，又将一个完整的广场一分为二，北边是古老的玉皇阁，南边是年轻的广场。

很长一段时间内，这里是以这座城市的核心位置，南门广场则是城市的边缘区域。现如今，整座城市的外延不断在扩大，它们的地位优势已经今非昔比。

需要搬运一些史料来继续介绍玉皇阁。作为银川仅存的古代木结构高层楼阁，明代《弘治宁夏新志》中明确提出，玉皇阁是明代府城鼓楼所在地，始建年代已无从查考。也就是说，玉皇阁的确切出生年月不详。不过还有记载说，清乾隆三年（1738），宁夏府发生强烈地震，府城鼓楼毁于一旦，这一年对此进行了重修后改称玉皇阁。如此一来，也算是给玉皇阁补办了身份证，写上了籍贯，明确了最新的修建时间。

这座带着古城砖的长方形台基，楼上朱门绣户，雕梁画栋，又飞檐迭起，门窗洞连，回廊相通，夏天的时候，总会吸引大量的燕子。因此，不管你是从解放东街经过，还是从玉皇阁街远远看过去，都能感觉到它的古朴，并由此联想起它对这座城市的历史贡献。

玉皇阁的北面，也是一个小广场，一些小型的演出经常会在这里举行，你得佩服城市管理者的眼光，当大家围坐在一座古色古香的建筑之下，欣赏现代艺术表演，时不时会有一种穿越的恍惚感。

玉皇阁的南面，是玉皇阁广场的主场地，这个正方形的小花园，正中间放着一口大钟，那是晨钟暮鼓时代的遗腹子，据说几十年了也没有人听见它响过一次。作为一个静物，它经常出现在本地电视台的城市风光片和报纸社会版面上。

这座广场另一个特点就是不断地被分割。这口大钟连同一条小道，又把玉皇阁广场中间一分为二。这座城市刚开始流行广场舞时，这里就是主阵地，每天的清晨和黄昏，总有一帮老头儿老太太跟着节奏跳舞，场面极其和谐。一大早你坐公交或者开车上班经过，觉得这里最惬意。可是，还没来得及羡慕，他们就发生了内讧，从内部分出两拨人，一拨看不上另一拨。一拨嫌音乐土，一拨觉得动作不好看，于是，两拨以大钟为界，各自跳各自的。这样倒也相安无事，后来的后来，问题却变得异常严重，一边嫌另一边吵，就变着花样换设备，一拨设备比另一拨设备音量大。两拨人一旦遇到一起跳舞，广场立马变成了噪声现场。

8

因为临近市图书馆，广场上的噪声很快就被市民投诉，我在报社做记者那会儿，还为此做过详细采访，为了确定噪声的大小，还用仪器测试过广场舞的分贝，确实超标。城市管理部门去处理，一开始，老头儿老太太不理解，觉得这不算事，后来才发现，他们对噪声和扰民的理解，和我们这些旁观者不一样。因为年纪的问题，听力有所减退的广场舞爱好者们，听到的音乐分贝，远远比在图书馆里准备复习的年轻人听到的音乐分贝低，这个锅最后让耳朵背上了。

一番折腾下来，老头儿老太太也意识到问题，于是两拨互不干扰，有一段时间，为了不影响别人，他们戴着耳机跳起了舞。这时候，一群老人在旁观者的无声世界里扭来扭去，好不滑稽。

很长一段时间，玉皇阁广场被两拨人填满着，他们中随时会有人掉队，又随时会有人加入，那些以地板砖为单位的舞蹈点位，像极了这座城市，迎来送往，从来都不带任何表情。

三

严格意义上说，步行街并不能算是广场，它无法定型，但这条处于银川老城区最繁华区域的老街巷，在历史沿革中，不断调整形态，早就从脏乱差的街道，成长为银川的时代广场。

而全国范围内，与之相似的还有北京王府井、天津滨江道、长沙太平街以及拉萨八廓街等等。当然，这些地方我都没去过，去得次数最多的，还是银川步行街。

其实，步行街从出现的那一天开始，就兼备了广场的功能，因为总有人在此聚集，周边原本用来居住的房子，就逐渐变成以经营为主的商店，久而久之，一条街的性质就彻底改变了。

研究表明，那些沿街的特殊用途和活动的聚集处，会在观察者心目中留下极为深刻的印象。喜欢了解道路的重点、起点和结点的人们，总想知道它从哪里来，通向哪里去，而来这里的人发现，步行街的重点、起点和结点都一目了然，根本不用大费周折。

在这里经商的人，经常会把自己的店面装修得很有特点，不管店面多大，都会命名为商业广场，诸多小型的商业广场组合在一起，就无形中形成了一个概念上的商业广场。作为新华街和鼓楼南街两条道路的交叉点，步行街在从商业向娱乐转换的过程中，准确地找到了自己的定位，即成为银川老城区的象征。

通过持久而又细致地观察，你会发现，上了年纪的步行街早就年老色衰，但人们总是把它当小姑娘去打扮。换句话说，就是这些建成年代久远的街道，经常以时尚和前卫的形象出现在人们眼前，你只要仔细看，就能发现破绽：街两边圆形的大柱子，已经裂开，你能看见老旧的水泥上还留着手写的经年广告词，而街角新换的巨型广告牌，不断变换着新的内容，它的背后，是旧年的青砖轻薄的肉身。

在这里，你遇到的人群也是五花八门，一会儿是衣衫褴褛的乞讨者和拾荒者，一会儿是着装搭配漂亮的女孩子。如果你不知道电影蒙太奇手法的具体表现，你可以在步行街走走：当不同的个体镜头，被你的眼睛拼接在一起时，出现在脑海里的，是各个镜头单独存在时所不具有的特定含义，这些特定含义，不是固定的，而是经常变幻不定。前几天，街道两旁还是森马、海澜之家、以纯、老凤祥以及各路你能倒背如流的品牌，过两天就变成了强远通信、做指甲和头发的理发店，再去看，就是清一色的金银首饰店。不过，和变化的店面不同的是，那些犄角旮旯里总有不错的小吃店，它们更像客源稳定收入稳定的老字号，虽然并不起眼。

这里，每天都发生着交易，这是步行街作为商业广场的使命，也是它能门庭若市的原因。利益，让它在银川众多的广场里鹤立鸡群。

不过，来步行街的人，大多并不是来消费的，仅仅是逛街而已，或者说只是穿街而过。人群中，经常有步履缓慢者，他们目空一切，悠闲地踱着步子，似乎在丈量步行街广场。总有人因为劳累和拥挤而发誓下次再也不来了，可一到周末，她总会准时出现在步行街。走累了，坐在拐角的肯德基店里，吃着汉堡，喝着可乐，看着落地窗外的行人在你身旁走过，这世间百态图，就留在她心里了。

朋友所在的"西部现象"视频拍摄团队，曾在某个周末拍摄了一部名叫《步行街的一分钟》的短片，他们细致到替来到这里的人，统计了和陌生人擦肩而过的次数。得出的数据是，在步行街每分钟有613个人与你擦肩而过。

借由这个统计，对步行街的功能又有了新的了解：不管在进入步行街之前，你的身份是什么，你的目的是什么，进入步行街之后，就等于进入了文化生产领域，每个人就只有一个名字——消费者。而不管你是否消费，你都在这里打发了时光，获得了快感，甚至得到了某种领悟，这就等于你帮着步行街确定了自己的意义。

商业总会朝着欣欣向荣的地方迁移，随着电商渠道线上线下的畅通，外地大型商城在银川各个角落落地，步行街似乎已经不再像以往那样有吸引力，街两边的店铺主题，已经开始变成金银首饰和宾馆。前者通过网络购买不踏实，而后者无法在网络上体验，可以见得，这两者在今后一段时间内，将支撑起步行街的商业布局。

其实，多少年之后，步行街已经从一个商业的实体广场，变成了这座城市的一个具有代表意义的公共意象，去步行街，跟陶渊明去桃花源一样，属于慰藉心灵的范畴，购物仅仅是附属品。

你不得不承认，网络购物带来的快捷，根本没办法和到步行街走一走的踏实相提并论，隔着屏幕亲长亲短换来的折扣，也远远没有面对面的讨价还价舒畅。所以，抵达步行街，是比在步行街购买某件商品更有价值的事情。

虽然人与人总是在步行街擦肩而过，无数次的相遇也无法拉近人们的关系，但在内心世界，一旦出现在步行街，每一个慌忙行走的人心里，已经营造出了一个充实、可以暂且安放灵魂的空间。

四

在白天去过宁阳文化宫广场的人，大多会这样描述对它的第一印象：这是一处组群广场，它和周边的十字路口、过街天桥以及写字楼一起，构成了一个庞大的空间。它们位于十字路口，有着十分优越的位置优势，却并没什么人；不管是楼体的建筑风格，还是广场周边的设计，崭新、时髦，却都和这座城市其他的建筑一样，平平无奇，没有什么特点。

现在的人，有时候仅仅会因为某一栋商业建筑的设计精妙而去打卡消费，由于缺乏特点，一栋由文化宫演变而来的大型商场外，旋转木马和露天舞台才空空如也；行色匆匆的路人，也都是经过这里，却并没有将这里当作目的地。而零星几个摆摊卖风筝气球的，也都死死地守着摊位，生怕风吹过来吹跑了它们，其实他们更怕的是城管，未经允许的交易，总是显得胆怯而又让人同情。

宁阳文化宫广场最繁华的地段，其实不在商场和广场上，而是在路的另一端；宁阳文化宫广场最热闹的时间，也不在白天，而是在夜晚：入夜，两排餐车整齐划一的南北走向一字排开，烤蛋、烤鱿鱼、寿司、麻辣条、辣糊糊、水果沙拉……用不同的味道和色泽，支撑起这条被称作怀远夜市的繁华。来自附近高校的青年们，三五成群，他们新鲜的面孔，让整条街填满青春的气息。

宁阳文化宫广场并不是因为形成的时间比较晚才显得年轻的，而是光顾这里的人群，确实以年轻人为主，即便是一些摆摊的、表演的、乞讨的老人，也都是为了这群年轻人而来，他们的消费能力和他们的青春气息成正比。不过，寒暑假的宁阳文化宫广场，就会显得冷清许多，这群年轻人一一退潮，回到自己出发的地方。

时光倒退十五年，这里还只是一个普通的十字路口。当时，我来这座城市上大学，乘坐着迎新的1路公交车从银川汽车站到宁夏大学，这里是必经之地。最初的时候，我觉得这个十字路口看着其貌不扬，但是当在随后的日子进入它的内部，并且与它有了情感上的关联，才发现了它的气质不凡。

更早以前，作为这座城市唯一的一座工人文化宫，六层楼里分别安置着电影院、台球室、网吧、滑冰场、舞蹈排练室和KTV，这是专门为了这个区域众多的工厂和车间设置的，工人们在这里释放着工作的压力，以消费的形式，在这里形成了朝气蓬勃的文化氛围。

而到了二十世纪九十年代，下岗潮像洪水一样，瞬间就带走了在这里潇洒的工人们，他们变成了出租车司机、摆摊的小贩，甚至小偷。他们留在文化宫的记忆，很快被越来越多的学生继承。

在随后的很多年里，这里又增加了许多针对中小学生的兴趣培训班，因此在装着很多人青春的同时，开始承载很多人的童年。我们这些穷学生，大多数人是在这里见识了外面的世界，有些人更是经由这里开始体验爱情。

曾经花六毛钱买两张票，和同班的女孩子在混合着脚气、香水和烟味的电影院里一待就是一天，《廊桥遗梦》《罗马假日》等经典外国电影，就是那时候进入我们记忆中的。多年以后，早已经忘记了电影的具体情节，只记得两个人吃一桶爆米花，似乎能吃出别的味道；只记得，抓爆米花的时候，两个人的手总会碰到一起，然后迅速分开，然后再碰，再分开，再碰到一起的时候就彻底不分开了。

很多记忆已经跟旧电影一样，变得模糊了。随着城市的不断长高，这座修建于二十世纪八十年代的六层建筑，已经显得单薄而老旧。开发商盯上了这块土地，不仅仅因为十字路口的商业优势，还有附近高校源源不断的学生们的消费能力。于是，这座城市里最年轻的广场诞生了，不过，很快它的纪录就被一座更新的广场刷新。它的每个角落总像校园里流水一样的学生，不断被新来的面孔代替，城市就是这样，从来都没有新的东西，却每天都有新的东西出现，比如广场。

五

是不是每一个城市都有一座人民广场？主要特征是围绕一个中心而建设，或者依附于某一个办公大楼。一般处于核心区，却并不显得拥挤。不设置栅栏，也不用买票，更不用受商铺无差别的噪声宣传影响，最多出现几个卖风筝和炸鸡的摊位，这样年轻人就可以一边吃炸鸡，一边把风筝放飞到天上。有一首歌不是这么唱的吗：我在人民广场吃炸鸡……

人民广场，仅从名字上判断，似乎要比别的广场更亲民一些。这里的生活场景，也更容易被当作整个城市的生活场景，想要了解这座城市，就得以这里为起点。尤其要关注这里的老人和孩子，从他们身上，能看到这座城市的过去和未来。

人民广场，塑造着城市生活的叙事领域，路过这里的人们，所表现出来的形态、表情，以及他们的穿着打扮，都是城市的时代晴雨表。从某种程度上来说，它也影响着城市的风格。因此，它的光线、温度、降雨量等因素，都显得要比其他广场重要一些，这些内容将会让人民广场在记忆里更深刻一些。

每个城市都应该有一座人民广场，这名字一样的广场，有着完全不一样且最能代表所在城市特色的东西。当你在人民广场四个字前面加上具体的城市名，它就会唤起你对这座城市的记忆，比如某个下午，人民广场上的行道树上的光线变化，带来的视觉享受；或者优美的旋律传播引发的美好想象等等。因此，广场在设计之初，设计师们都会在如何让它更加生动和独特上下功夫，好让自己所在城市的人民广场涵义更深，更吸引人。

到过银川人民广场的人会说，那里有假山，环绕一圈的流水从来没有流动过，撑着小小头颅的蓝色马兰花，总是把头伸到水边……这是公园里才有的场景，现在被小面积复制到此，不光没有违和感，反而会让你因此觉得亲切，承认这是它显而易见的外表。

这里的人民广场共有两个出入口，两个口，都是入口，也都是出口。很多人并不会从一头进去从另一头出来，他们经常从同一个口进入，再从同一个口出来。出去的人随时可以回来，进去的人迟迟不肯出去。它用商业之外的品位，吸引人们前往，以享受比消费更让人快意的感觉。

如果你去向出租车司机打听，他会把你带到北京中路，放在离公交站台最近的地方，他以为，你要通过人民广场到新的目的地，在他们眼里，这里是无所事事的人才来的地方，忙碌的你，肯定没有时间光顾。

以上列举不同群体对人民广场的理解，是为了更准确地描述我所熟悉的这座人民广场。实际上，在银川这座城市的规划图和地图上，人民广场是一个非常有序的空间，它在诸多场所中充当着关键的角色。

表面上看，它是被北京中路、人民广场东路、上海西路、人民广场西路包围的普通广场，和其他几个广场不一样，它的完整性未经任何道路分割，因此也不会有参差不齐的边界和拥堵的交通状况。它是这座城市包容、开放的象征，不管来自城乡结合部，还是乡下，人们在这里都有一样轻松的表情，这一切都是广场环境所赋予的。因此，人民广场给人多少舒适度，这座城市就收获多少赞美。

而唯一遗憾的是，人民广场没有任何明确的标志证明它是人民广场，除了位于广场北侧的市政府。城市不断发展，政治、文化、经济载体不断交错变换，恰恰是这些过去的痕迹，作为重要元素，构成了广场的鲜明特征。

和其他几座光秃秃的广场有所区别的是，人民广场拥有大片的具有美感的绿化，这应该是前期规划的结果。夏天的时候，树荫成了广场最受欢迎的区域，人们在这里搭帐篷，赤脚，恍惚回到了自然之中。这时候，如果你恰好从市政府大楼上俯瞰的话，一定会有一种穿越到欧美或者其他浪漫地界的感觉。

没有栅栏的人民广场，曾尝试把一群孔雀圈养其中，只要你经过北京中路或人民广场东西路，你就可以看见孔雀，虽然你显得很惊讶，它却一点不显得慌张。一座广场，有了公园的功能，这是一件让人愉悦的事。

人民广场上最有趣的还是人群。玛格丽特·杜拉斯写过一部名叫《广场》的"戏剧式"小说，通过一个流动商贩和一个年轻女佣坐在街头广场椅子上的琐碎谈话，表现两人的日常生活，捕捉他们的细微情感，特别是人在社会中的孤独感。

受这部小说的启发，我曾经多次在人民广场观察过来往的人群，这里没有拥挤的交通带给人的烦躁，也没有商业气息带来的压力，更不会因为美食的吸引让一个人乱了阵脚。这里的人们，有着接近于本我的轻松，他们卸下伪装，卸下孤独，带着孩子，把一周的压抑放飞到空中。空气稀薄的高空，倍感压力，到人民广场上只有一片欢声笑语。

曾几何时，作为公共空间的广场，出现过很多伟大的思想，现在，这里的人们只享受光线、温度和节日氛围。不过，在人民广场并不是百无禁忌，这里不许大声喧哗、不许赌博和低俗表演，不许随地大小便等等。固定在墙上的规范，就像放风筝的人手里拉紧的风筝线，死死地拽着风景，让其一直在视野范围内翱翔。

你盯着天空看风筝飞翔，就不由得想起宇宙和星空，而众多的广场，就如星宿一样分布在城市这座浩渺的星空里，它们和人们一起，维持着城市的生态。多少年以后，不管是谁，想起在广场上的场景，心里都会星光熠熠。

街道：可能的简史

对于街道的印象，最早的记忆，来自童年去镇上赶集的场景，那里有我所熟悉的第一条街道。它简单，站在这一头，就能看到另一头，中间连个拐弯都没有；它复杂，街两边集合了十里八乡的人流和物资，作为乡下解决供需的所在，丰富着我们清淡的日子。

我一直觉得，它像斯卡布罗集市一样迷人。腊月，每个人都带着迎接新年的喜悦，盲目而快乐地从四面八方会聚而来，朝圣一般拥挤在同一条街道上。他们觉得，不管这一年丰收与否、快乐与否、健康与否，似乎只要赶了集，就能把过去一年的不如意和不痛快、贫穷和疾病，统统都赶走。毕竟过了年，一切就都是新的。

于是，日子好过的和不好过的都集合到镇上，按照口袋里的积蓄的多少，购买一家人所需要的东西。

一条街道上，熙熙攘攘全是人，以及固定的摊位和附着于人身体之上的流动的货物。儿时对"人流如织""摩肩接踵"这类成语，尚没有具体的概念，虽然已投身其中，但作为孩子，根本来不及感受拥挤意味着什么。通常我们扮演着一个陪伴或者帮忙的角色，我们并没有什么东西要买，仅仅跟在大人身后，被大手牵着走过人潮，就是一件很享受的事情，更别说可能还会有期待已久又意料之外的馈赠。

喜欢观察人的癖好，就是在赶集的时候养成的。特别是观察街道上动态的人们，总觉得他们脸上写着春秋，表情直白而又复杂，有购物前的欲望，有囊中羞涩的窘迫，有无所事事的悠闲，有做了亏心事的慌张……一条街道，囊括了乡下所有的表情，也囊括了乡下人所有的悲欢离合。街道就成了我在乡下时最想去的地方，也是很多人离开村庄之后，所能走得最远的地方。

那时候县城是遥远的，要抵达那里，得走好几公里

26

山路，还要坐班车摇晃一个多小时，那时候生活窘迫，也没有去县城的必要理由，因此县城在很多人眼里，虚幻而无法想象。

只有镇子和镇子上唯一的一条街道，是人们可以随时能抵达和触摸的，也是具体的。镇子是排列整齐的砖结构房子，是门头上挂着招牌，是柜台上整齐码放的墨水、纸张和笔记本，是几毛钱就能获得的糖果，是理发店、药店、文具店、五金店的集合。

镇子上的唯一一条街道也是。可以这么说，街道就是镇子，镇子就是街道。它们既是我童年所能到达的地方，也是我的认知所能理解的地方。在街道上的中学读初中的几年里，我接触到此生最初的有别于乡下常识的内容：恋爱、欺骗、盗窃、赌博、情色、背叛……在镇上的成长，比乡村的十几年收获都要多，由此，我也终于意识到为什么人要离开村庄。

后来，在一纸通知书的指引下，我从这条街道上乘车，到达了虚幻的县城。这里，有比镇上多得多的街道，这里也有比镇上丰富得多的生活。这里，街道不等于县城，县城也不等于街道，但又彼此交叉，彼此影响，彼此独立。

第一次见红绿灯，应该是在我家的12英寸熊猫黑白电视上。一群人，在街道上走着，抬头看到悬在半空中的三盏灯，其中的一盏亮起来，人们突然就停了下来。我好奇于这三盏灯的功能，跟孙悟空的定身术一样，于是就希望村里也能有这么个灯，蚂蚁一样忙碌的人们，就可以在这三盏灯跟前稍事休息。到了县城才发现，这三盏灯是有红黄绿颜色区别的，红色的那盏会定身术，绿色和黄色，对脚步没多少控制权。

在县城里第一次过马路，就被绿灯难住了，脑子里一直留着定身术的记忆，看到这三盏灯就不知道怎么走。我的老布鞋一定记得我在马路对面的尴尬和无措。我看着大家在绿灯之下快步通过，就是无法说服自己迈出那一脚，就怔怔地立在原地。还是路人的背影鼓励了我，我逃一样从路的这一头跑到了路的那一头，头也不回地朝前走了。

走出去这一步，后面的步子就从容多了，而我这才发现，城市有别于村庄的是，村庄里出和入，只有一条路，而城市里任何一条路，都可以让你走出去，也可以让你走回来。

这时候我就联想到村里进城的人。在乡下，一条路走到黑，祖祖辈辈走，祖祖辈辈被困囿于一隅。而那个走出去的人，被道路吸引，被红绿灯吸引，彻底离开了乡下。他们在红绿灯下，也一定经历过我经历的慌张，也一定有过我有的从容。现在，他们和城里人一样，挺直腰杆，站立在红绿灯前，随时准备着冲到对面去。

由此，我开始熟悉城市，熟悉街道。

很长一段时间里，我一直试图描述清楚一条街道，可这是一件比较困难的事情。这么说吧，你觉得街道是流动的，就把舒缓流畅的街道比作河流，街两边的高楼和树影，是河岸和岸边的植被。

可是，如你所见，街道岿然不动，流动的是车辆和行人，因此，街道充其量只是河床。而你如果真的把它看成了河床，街道又从来不改道，从来不干涸，并且和两岸之间没有任何障碍隔阂，让你更加笃定描述的不确定性。

其实，不管你从哪个时间段哪个路口进入一条街道，你遇到的街道都会呈现出不同的形态，它们除了位置相对固定以外，一直都处于变化当中，并且变化毫无规律可循，因此你根本没办法抓住它的特征。

想说清楚一条街道，难度可能在于这条街道的名字经历过无数遍的更改，而每一次更改都有恰当的理由，每一次更改之后又都有一段不同于其他历史，相互印证，相互重叠；难度也可能在于这条街的方位虽然一直没有大的变动，但即便在经纬度不变的情况下，也没有人能准确说清楚它的方位。在有些人心里街道的方位是家，在有些人则将方位当作出发点，有些人只是将它作为一个名字；难度还可能在于你从来不可能在同一条街道的同一地点听到和上一个时间段听到的完全相同的声音，声和音的多变性，让街道有了捉摸不透的声调；难度应该可能也在于每一种气味都有可能在街道上找到出处，同样每一条街道都有属于自己的气味，没有两条气味相同的街道，也没有一条街道上的气味从头到尾都相同。其实，难度根本上还在于人，是人改变着街道，人的多样性导致了描述街道的复杂性。

确实，想描述清楚一条街道是有难度的。在路过而不停留的人眼里，街道是一种模样；在经常行走的人眼里，它又是另一种模样；人们想记住一条街道的模样，甚至根本不用记住它的名字、位置、长度、宽度，也不用记住它的温度，即便是随意记住点啥，比如路边的狗摇尾巴的场景，或者院子里的桃花开出围墙的样子，最后都成了想起一条街道的由头。这被记住的一点，有可能就是街道的一种模样，也可能是街道的全貌。

一千个人有一千种观察街道的方式，飞行器流行的当下，航拍给街道呈现自己提供了最佳的上帝视角，遗憾的是，高空在带来美感的同时，却技术性地忽略了街道的细节，而这恰恰是街道最迷人的地方。为了便于导航，百度地图推出过一款类似于VR的观察方式，一辆汽车上架一个摄像头，走到哪里拍到哪里，然后形成整个城市的街道环境。

我曾查询过我经常出现的几处区域，说是360度无死角，可展示出来的却是行车记录仪的既视感，因此也不是最佳选择。只有人站在街道上，调动全身的器官，脚、眼睛、耳朵、鼻子，包括内心，感知到的街道才是某一时刻最为真实的街道，才有讨论的必要。

要讨论一条街道，必须从它的名字开始。名字对于街道来说，是至关重要的，一条没有名字的街道，是可疑的，是不值得信任的，就像一个没有名字的人一样，人们经常会为他的来历和目的做出各种猜测，导致对于这个人也有了不确定的看法。每条街道都有名字，每个有着名字的街道上，又都有着不一样的故事。名字是街道的血脉，也是它的开始和结束，知道了名字，就差不多知道了一切。

银川，是我抵达的第一座真正意义上的城市。和诸多城市一样，它由无数条街道和无数幢建筑组成，对于一个乡下孩子，这无异于迷宫。十四年前，我刚到这里时，百度地图和导航都还是未可知的陌生事物，报刊亭里的地图和街边的路牌，是穿行于银川的主要依据。我拿着它，从城北的汽车站，坐公交车去城西的宁夏大学。

车站和大学之间，由好多条街道串联，还需要倒一次车，以至于虽然对沿途景色异常好奇，但又不敢掉以轻心，一直盯着经过的站台。城市就是这样，虽然条条道路通罗马，一旦走错，到达的时间就会成倍增加。

这时候，不光要名字，还要方向来指引。日本当代著名建筑师芦原义信说：街道从根本上是以人为本的，肯定了人的存在。当我们认清自己的自然风土，创造有人情味的街道时，至少应看清方向。

方向作为街道最原始的组成部分，东南西北，以及由此生发的各种组合式方位，跟基因一样早早决定了一条路的走向。没有人在意路牌上的东南西北，是不是地理意义上的东南西北，他们只在意它们是不是自己要抵达的东南西北。

其实，走在街道上的每一个人，都有一个或者多个方向，方向就像网一样，把人们紧紧包住。于是，故事在街道与街道之间蔓延开来，谁的悲欢，谁的离合，已经不再重要，作为城市故事的发生地，街道承载了每个人最本真的生活方式，它安静沉默，像一台永不停歇的摄像机，记录着所有平凡生命的行走和运动，熙熙攘攘的人群，构筑起城市的热闹，只有街道知道热闹背后的真实。

味道可能是判断和区别一条街道最重要的信息，每条街道都有自己的味道，且这种味道只能属于它所在的城市。街道以血管的方式穿插在城市庞大的身体内部，人们就把对血管的呆板看法转移到它身上，认为它缺乏个性，千篇一律的形状设计，和沉默的柏油铺陈，让一些人把自己的死气沉沉也归结于它。但是有一些街道，它即便单调，你也会在不同季节发现它不同的味道。

我突然又想起了乡下那条街道的味道，从西往东走，依次是羊肉的膻味，饼子的香味，煤油的怪味，书店的墨香味，还有商店里混合的味道，以及戏曲的味道，马戏的味道，放映厅的味道……它们曾调动过我的嗅觉，也组成了我的街道记忆。每条街道都在观察者的偏爱中获得属于自己的味道，而这种偏爱的味道，成为记住一条街道最直接的方式。

街道上的声音，很大程度上决定了街道的品味。乡村街道的声音里，牲畜的叫声和拖拉机的轰鸣形成和弦，一听就是一派乡村图景；县城的街道，管理者刻意拒绝了牲畜，保留下拖拉机、蹦蹦车等农业重金属的嘈杂和混乱，置身其中，有莫名的亲切感；但凡大一点的城市，街道上的声音往往单一、乏味，车的马达和轮子摩擦沥青的声音，尽量掩盖住人的焦虑和浮躁。

任贤齐和刀郎就是我在乡下街道上认识的。那时候，他们红得发紫，县城街道两边的商店里都在播放他们的歌。你从街道一头到另一头，会感受到不同的音乐风格相互交叉的奇妙场景：二〇〇二年的第一场雪，比以往时候来得更晚一些……我等的船还不来，我等的人还不明白……是你的红唇粘住我的一切，是你的体贴让我再次热烈……一波还未平息，一波又来侵袭……两首毫无关联的歌曲，就在此起彼伏间完成了一轮播放，感觉自己一会儿等二路汽车，一会儿在太平洋底，红唇的热烈和柔情，一波一波侵袭，一波一波过去。商店的招牌在切换，高音喇叭里的歌词在切换，过路人的表情在切换，街头这一幕幕像电影一样播放着，我来不及体会，就走出了街道。

提到音乐，自然会联想到绘画。天才画家凡·高有两幅画，莫名切中了我对街道的理解。其一是一八八七年创作的《克利希林荫道》，画面是凡·高所住公寓附近的一条街道，画面中四月的城市街道，和四月的乡下小路很像，萧条却暗含生机。

我一直觉得，四月是一年里城市和乡下在气息上最接近的月份，都是刚经历过寒冬的萧瑟，都蕴藏着发自内里的力量，这时候城里和乡下都像刚睡醒一样。里尔克在《四月》中写道：此刻窗已安静／甚至雨珠也轻轻滑过／石上宁静青黑的光／所有的喧嚣／蛰伏在嫩枝闪亮的花蕾。

我就喜欢里尔克笔下喧嚣蛰伏的状态，可很快，四月的城市就会把四月的乡下扔下，通过一条又一条的街道，一下子进入蓬勃，复又进入喧嚣，进入快速循环。而乡下的土路上，季节依旧慢慢悠悠。

气息的相近性，可能是我这个不懂艺术的人喜欢这幅画的原因之一。就允许我试着解读一下这幅画吧：在这幅画中，色彩视觉混合、色彩相互渗透，笔触的轻盈律动，街道上早春的气氛透过纸面，散落世间。横线笔触下的树木，有一种看不见的空气流动，与前景道路散落的笔法相映衬，构成了一种包罗万象的空间流动感。

我上班的单位所在的中山南街，或许就是凡·高笔下这条街道在现实中的投影：街两边都是表情呆滞的楼宇，依然保持着二十世纪八十年代的设计，楼体以灰白色的水泥外墙为主，因为没有大面积的玻璃等现代建筑必不可少的构成部分，显得古朴，有一种慢时光的感觉。

每一个上班日，我都会从街道的南边走到位于街道北边的单位，尤其是春天，我穿过由正在发芽的槐树树冠覆盖的街道，闻到春的气息，这是大地的气息，它压制住汽车尾气，压制住尘土，让春穿过这条街道，再抵达另一条街道。

中山南街灰白色的色调，或许让它在五光十色的城市里逐渐趋于普通甚至黯淡，但当我走过无数次之后，才发现，不管你怎么看待它，它都显示出一种活跃和包容。它告诉我们，比起终将逝去的结局和悲悯的环绕，更重要的是中山街两边的餐厅门口一日三餐升腾的雾气，袅袅白烟，生机从不间断，那是生命曾竭尽全力留存下来的痕迹，也是一条平凡街道所能记录的全部意义。可是，街道是多变的，十四年之后，这里已经变成了商业区，手机降价、网费降价、零首付贷款的信息，和着这个时代的节拍，让街道改变了气质和模样。

我所喜欢的街道的第二种气质，在凡·高的《阿尔夜间的露天咖啡座》里。凡·高酷爱天空层次不同的蓝色，这一点从他在阿尔的作品经常混用橙、蓝这两种补色就能看得出来。而在这幅作品中，室内明亮的灯光洒在屋外卵石铺就的广场上，深蓝色的夜空中群星闪烁，宛如朵朵灿烂的灯花，形成另一种夜空之美，让人迷恋。我最中意的，除了天空中的蓝紫色与房屋墙面中大块的黄色之间的强烈对比，除了橙色与绿色构成典型的补充，还有作品里透出来的轻松、宁静的气氛：咖啡座上，一半空着，一半坐满了人，有人正在离开，有人正在赶来。

在我的理解里，这才是城市应该有的样子，一些人忙着生活，一些人忙着享受生活，在空与满的穿插中，街道暗中观察着来来往往的人。

那时候，我所在的城市西区，刚经历过一次工业的大萧条，街上遇到的人总是一副忧心忡忡的样子，因为工厂转型或者直接倒闭，他们丢失了工人的身份，只能收起当年的自豪感，收起工服，变成餐厅里的服务员，出租车里的司机，以及混在人群里的小偷。每天不同的时间段，扮演着不同身份的人都会在特定时间出现，街道都默默承载着他们的脚步，不管沉重还是轻浮，它都周而复始地接受了轮回。街道上，每个人都是一个坐标，无数个坐标一起组成了一个完整的平面。这个过程中的阵痛，我们这些做学生的无法理解，我们被周遭的老旧小区和工厂包围着，却丝毫不会受到原住民们的情绪影响。一个摊位空了，很快又会有另一些人来填满它。同一条街道，轻狂的少年，挥霍着青春，而中年的人们，在人群中紧紧抓住生活，生怕它溜走。

我总是忍不住将城市和乡村做比较，自然包括比较街道和乡下的土路。这两者肯定是不一样的，土路是属于乡下人的，城里人一年走不了几回，而街道既属于城里人，也属于乡下人，很多时候，乡下人走得比城里人多。城里人在城里住久了，就向往乡下的生活，而乡下人在城里住久了，也就成了城里人，他们说话，走路，交际的方式，和城里人没什么两样。他们走在同一条街道上，有着完全不同的念想。我的童年是在乡下度过的，因此记忆中并没有太多关于街道的内容，植物、麦田、山路、溪流组成了一条看不见的街道，任由我的童年在上面恣意成长。真实的街道则硬生生地把我从童年里拽了出来，我第一次知道柏油路，第一次发现脚印无法留在路面上，第一次走路还有路灯照亮，第一次感到路的漫长……都发生在街道上。它改变了我的生命轨迹，每次在城市的街道上走过，我就完成一次乡下人的蜕变，完成一次城里人的融合。

有一年，中元节恰好在北京，入夜经过一条没记住名字的街道，才发现北京城里的人们，也会在街道上给亡人烧纸。夜幕降临，我步履匆匆，根本没有想起今天是一个纪念的日子，是他们提醒了我。就在我驻足远眺，看见一家人朝可能是家乡的方位跪下的一瞬间，突然就热泪盈眶了，不知道是因为独处异乡的感伤，还是单纯地被他们打动。这些北漂的异乡人们，在努力地接近和成为北京人的过程中，依然保留着最原始的纪念方式，他们不管走多远，心里都住着故乡，都惦记着埋在那里的亲人。这一刻，才觉得他们对自己变成外乡人的亏欠，都在那一跪里。这时候，他们将北京的大街当作家乡的土路，把独在异乡为异客的悲伤背景扔在一边，认真地烧纸、叩头，仿佛眼前就是故乡。这时候，城市的街道就是乡下的街道，活着的人从上面走过，死去的人也可以从上面走过，以自己的方式。

我一直对北京这座城市有疏离感，总觉得无非是有点历史，无非是城市发展飞快，这些人的出现，让我改变了对北京的看法，甚至于对接受跪拜的那段街道，有了深深的敬意。我在我所生活的城市街道上，见过清晨送葬的队伍，当时，他们脸上的表情，走路的姿势，和乡下人一模一样，不同的是，整个县城静默，没有人出来送行，人群走过之后，街道上只留下几张纸钱。街道收留了它们，就像土地收留死者一样。任何地方的土地都是大方的，任何地方的街道也都是大方的。

我一直相信街道是有记忆的。一场车祸，哪怕没有目击证人，街道知道车祸发生的每一个细节，它沉默不语，立在街道两边的监控替它说出一切。夜色中，一个哭泣的人，没有人知道他的眼泪有多重，街道知道眼泪里的成分，知道悲伤背后的故事，它沉默不语，站在两边的行道树替它记住一切。

此刻，谁在街道上奔波，谁将永远奔波；此刻，谁在街道上哭泣，谁将永远哭泣；此刻，谁在街道上幸福，谁将永远幸福……街道这个穿越时空的记录者，抓取每个人的某个瞬间，绘制出一个普通人一生的轨迹，绘制出一座城市所有人的轨迹，同时替所有人记录，替所有人保密。

街道是有个性的，不过它的个性不由自己来决定，而是由每一个出现在街道上的人所决定。街道一开始，跟一张白纸是一样的，街道兀自向人们诉说着自己的风貌和个性，民政部门给它立起写着名字的路牌，交警设置了指示牌并施划了网格，路政把井盖和下水道篦子按照规定摆放整齐，一条和别的路几乎一样的路就出现了。

这时候，不同的人出现，让它带上不同的个性。街道上走过什么样的人，它就带上什么样的气质，多重气质叠加，就形成了街道的气质，复杂而独树一帜。羊肉街口是一条十字路口，这里在百年以前，是经营羊肉为主的街市，城市变迁，市场已经无迹可寻，留着一个指向性明确的名字，给原住民以念想，给陌生人以方向。我在这里上班，十年间，每一次坐公交车，报下一站羊肉街口的时候，我就准备下车，有时候吃羊肉的时候，就会想起它。我知道这里是我人生的一个结点，是我一个乡下人成为城里人的一个标记，因此，我很在乎这条街道。

我认定，我曾经长期盘踞的怀远路、中山街、羊肉街口，这几条街的气质里，有我的一部分，我颓废的时候，它们也萎靡不振，我开心的时候，它们兴高采烈。在乡下，我只能改变土的命运，只能改变花花草草的命运，在城市里，我能改变一条街道的局部气质。

街道维系着城市的秩序，记录城市的形成、崛起、昌盛的过程，记录季节在人身上，在植物身上，从衰落到繁盛的转换。它既是城市的身体，又是城市的灵魂。它链接着一个又一个具体的人，链接着一个又一个复杂的家庭。

我们每天都可能出现在街道上，但是在街道面前，却没有人成为真正的地理学家和历史学家，但每一个人却可以是诗人，是作家，可以把街道上属于情感的部分用逝去的诗歌，优美的语言来记录。

普鲁斯特说，生命只是一连串孤立的片刻，靠着回忆和幻想，许多意义浮现了，然后消失，消失之后又浮现。我本来试图从街道上寻找城市的秘密和意义，可是我看到的，都是你们看到的，也如你所见，它们是多么偏执而又肤浅，于是便认命了，与其煞费苦心地借助街道思考，不如做一个街道的观察者、参与者，等多年以后，靠回忆和幻想，还原一条条生命中经过的街道，这样我不管走多少路，都不会迷失在街道之中。

天台：高处的城市

你想向一座城市问好的话，不需要说"你好"，也不需要鞠躬，最直接的方式是头向上抬45度，然后注视它的天台，城市就会接收到你的问候，并以任何信息都没有的方式回应你。你想从一些特别的地方了解一座城市的话，那么就去天台吧，它会告诉你，地上的城市和高处的城市加起来，才等于一座完整的城市。

鸽子

一直很喜欢北京上空的鸽子，喜欢它们飞过时留下的那一串美妙声音，喜欢它们用翅膀收割天空时的优美姿势。在银川，是见不到这种场景的。大批的带着野性的鸽子躲在自然深处，你在城市里根本无法偶遇。而出现的城市里的那几只，一直在广场上等着人去用廉价的食物喂它。它们臃肿得已经无法飞翔，翅膀带不动身体，身体离不开广场。

一次，在街上漫无目的地行走，突然就听到鸽子的叫声。是那种保持着乖张的原始叫声，咕咕咕，完全不像北京上空的鸽子叫得洒脱，也没有广场里的鸽子叫得谄媚。我沿着声音找过去，在一幢带着年代感的旧楼天台上看到了它们。

旧楼的天台，基本上保持着房屋的大小，无非是依照最初的设计，在最高一层的楼顶垒上砖块和水泥，用钢筋打底，一个敞开的私密空间就出现了。

天台承担着房子所不具备的功能，当一个人在房子里待久了，觉得自由受到限制，这里就成了他们接触世界和享受片刻轻松的出口。经常见到有人站在楼顶眺望、发呆、抽烟、清理，有时候人们把天台当作可以自由呼吸的好去处。

作为半公共空间，天台连接了私密空间和公共空间，而这过渡区域也成了信鸽爱好者的后花园，他们在建筑结构中的阳台或者天台，搭建鸽棚。想想也觉得搞笑，为了自由，人们把自己放置在天台之上；为了爱好，他们却把象征自由的鸽子关进了天台上的笼子里。在同一个天台上，人和鸽子成了不同向的转换。而鸽子被关进笼子里时，才明白自己为什么象征自由，可这时候为时已晚。

和几万年以前住在海岸、险岩和岩洞峭壁的野鸽相比，鸽子本能的爱巢欲和归巢性，让它们逐渐失去野外觅食的能力，成为饭来张嘴的宠物。在天台上，它们按圈养规律飞翔，收起野心，努力习惯着笼子带来的压抑，努力迎合人们的欢喜。

现在，它们被关在楼层的最高处，它们看着住在房子里的人油盐酱醋茶的日常，看着麻雀、喜鹊、燕子和其他的鸽子自由自在地划过天空，它们一边让自己忘掉飞翔，一边让自己适应生活的日常，它们成了笼子里的智者，让自己的心性变得更适合圈养者的心思。放飞的时候，强烈的归巢性和辨认方向的能力，又让它们自觉地回到天台。天台之上，一批又一批的鸽子忘记了本性，培养了新功能。

鸽子把天台当作了家，人在家里，自由自在，鸽子在天台上，也放飞了自我，随地便溺，想叫就叫，甚至半年都不洗澡，身上的味道让人敬而远之。圈养者已经习惯于此，它们用这些来判断一只鸽子还活着，可是住在天台下的住户就遭殃了，它们受不了鸽子的窃窃私语，受不了鸽子身上的味道，于是，矛盾随之而起，象征和平的鸽子，让邻里关系变得紧张。

圈养者的逻辑是：天台是私人空间，鸽子是个人爱好，在自己的私人空间侍弄个人爱好有什么问题？问题是，私人空间里的鸽子，影响了公共空间中没有这个爱好的其他人。于是，警察上门，说宠物扰民属于城管；城管来了，说只要办理信鸽证就可以养；物业来了，说警察和城管都管不了，我们怎么管？这下好了，天台之上，一出大戏上演：有人将猫送上天台，有人将狗放到天台，有人甚至将蛇送到天台。人的纠纷，最后让动物去解决，而最终的结果是，矛盾越来越大。

天台跟戏台一样，不管剧情怎么演，总有人高兴，也总有人伤心。鸽子毫无办法，它看着这一切，冷静得像一个养鸽子被投诉之后从来都不会去处理的人。

坠物

巨型净水箱和裸露的钢筋，兽一样潜伏在裸露的天台。

在一座建筑物进入了它的暮年之后，就开始变得危险起来，它们身上的零件，逐渐生锈、斑驳，它们用从顶部和内部开始的老化，来证明一座建筑的破败。

这个时候，一场高空坠物导致的事故，让整个单元的气氛变得紧张起来，大家才开始关注自己生活了很多年的建筑，是不是出现了问题。

事情是这样的，杂物落下来，正好砸到了一个出了门的女人身上，物理课本上关于重力的生硬知识点，以当事人住进了重症监护室的惨痛代价，给我们来了一场生动展示。

很快，这事就成了网上的热点。我接到新闻线索去采访，到了现场却没有人配合我的问题。比如，到底谁应该为此事负责？大家讳莫如深，似乎回答了我的问题就等于承认坠物和自己有关。

无果，只能从外围让大家描述当时的事发经过，于是第二天的报纸上就有了这一篇消息稿：

近年来，高空坠物导致的悲剧频频上演，引发社会广泛关注，特别是在人群密集的住宅小区，致人伤亡的高空坠物案件不在少数。近日，家住兴庆区建安家园的段女士就遭遇了这样的飞来横祸。

据段女士的邻居回忆，事发当日下午4点左右，段女士刚出单元楼门，突然"嘭"的一声响她就应声倒地，大家围过来才发现，楼上的坠落物砸中了她，段女士的面部血流如注。

邻居及时拨打了120，段女士很快被送往医院进行抢救，家属当时就报了警等待进一步处理。段女士的女儿孙女士告诉记者，母亲是被半截水泥块砸中的，整个单元12层24家，没有一家承认和自己有关。好在母亲经过治疗脱离生命危险，现在最大的问题是医药费由谁出。"如果没有人承认，除了报警只能通过法律途径解决。"

目前，此事正在进一步调查处理中，记者也将继续关注。

一场惊心动魄的高空坠物，被寥寥数笔描述完毕，这中间去掉了当时的天气情况，当然风除外，它有可能作案，忽略了受伤者在楼下的活动轨迹，以及她当时的心情。当然水泥块掉下来的时候，她的心情更是无从查证，删掉描写头部受伤的句子和处于晕厥状态的表达，一个人受伤的过程，没有处理结果重要。可是，最重要的处理结果却因为无人承认悬而未决，新闻的结尾，只能无奈又机械地写上一句：记者也将继续关注。

为了解决这事，警察和社区挨家挨户调查，得到的答复无非是：当时不在家不知情；家里没有水泥块，肯定不是我家扔的；把人砸了关我啥事、我不知道，你们别问我……依然没有人认领此次事故。

后来的剧情是，物业继续一层一层排查外墙面，而警方给一块水泥做了一次DNA检测。这个事一下轰动了这座城市，大家好奇的是，如何从一块水泥上锁定嫌疑人。凶手很快被锁定，水泥块来自天台的边缘，那里原本是完整的，后来有一大块掉落，所幸无人受伤，而剩下一小块在段女士经过时掉落，却造成了严重后果。

天台闯的祸就应该由天台来负责，道理是这个道理，可天台总归不是人，还得找归属权的所有人。律师建议，这事物业有赔偿义务，而物业却急着表态：产权在业主，物业无责不说，物业费都收得费劲，也没钱可赔偿。就这样皮球踢给了业主，业主们则保持着一贯的沉默。

于是，受伤者的家人只能选择起诉整栋楼的住户。法院判决下来的那一天，正好遇上受伤者一家搬家，他们在住院期间就变卖了这里的房子，只不过是没拿到赔偿，迟迟不敢走。搬家的车队离开院子的时候，只有闯祸之后被修补过的天台，和单元门口那个新装的监控，目送了她们一家。

可以确认的是，对于整个事件，天台一直没有表现出愧疚。

故事

城市的天台上，除了会发生类似于跳楼的事故外，衍生出来的大多是故事。

熟悉的作家里，村上春树似乎对天台情有独钟，仅在《挪威的森林》中，就可见一斑。

故事中的"我"，在天台角落里有一小块带凉棚的娱乐场摆着几台儿童游戏机，心烦起来，一个人爬到天台自斟自饮。"我"通常会拿威士忌和装有萤火虫的速溶咖啡瓶爬上天台。星期天早上刮了胡子，"我"会把洗完的衣服晾到楼顶天台，傍晚收回，然后一件一件熨好。"我"习惯在天台上东倒西歪，或者看楼下看不见售货员的宠物用品专柜，看落着卷闸门的小卖部和售票处。

爱情是村上春树用笔最用心的部分，还是《挪威的森林》，"我"和绿子的相爱和分手也都在天台。半岛区北大冢小林书店的天台上两个人一边看火灾一边喝酒接吻；日本桥高岛屋商店的天台上他们又一边淋着雨一边在湿漉漉的木马、花木架之间散步，最终彼此摊牌，确认已经不再相爱。

在小说情节当中，小年轻们日常的闲适和不安以及相爱时的甜蜜和分手时的悲伤，除了作家之外只有天台知道。那两个虚构的人物都不一定能感受得到。因此，天台一副饱经沧桑的模样，以显示自己知道的事情很多。

在村上春树看来，可能是空间逼仄的缘故，在城市里，没有什么地方比天台更荒凉、更开阔、更接近生死，也更哭笑不得。

正因为没有什么地方比天台更荒凉、更开阔、更接近生死，作家们将天台作为情感寄托地，影视剧也总是钟情于将一些画面放置在天台上。

> 刘建明：你们这些卧底可真有意思，老在天台见面。
>
> 陈永仁：我不像你，我光明正大。我要的东西呢？
>
> 刘建明：我要的你还未必带来。
>
> 陈永仁：什么意思，你上来晒太阳的啊。

这是电影《无间道》中的一个经典片段，也仅仅是港台片拍摄的天台镜头的其中之一。如果把记忆翻个底朝天，还能淘洗出诸多和天台有关的影视剧画面：《警察故事》里警匪天台上惊心动魄的追逐；《窃听风云》里楼顶三兄弟嬉笑怒骂的天台飙戏；周杰伦导演、编剧、主演的《天台爱情》，更是以天台命名……

不管电影里上演多少场面，天台都以沉默助攻着演员们高超的演技。天台是个好道具，它形式单一却内容丰富，它迎来送往又沉默不语，它以上帝视角构筑了城市的另外部分，它比街道、房屋更隐蔽地接纳着人的情感。可是能被写进小说拍到影视剧里的故事又有多少呢？

在楼宇里，人的感情可根据他所处的位置分成两种：得到消息后哭着或者笑着跑下楼的，是向下的情感；到天台的则是向上的情感。这两种情感，向下的情感会随着人群、车流的冲击，慢慢淡下去；向上的情感则代表隐忍，是内向的，因为无人倾诉且处于危险之中而让人焦虑。

文艺作品里，人们借助天台说出爱和不爱，掩饰内心的恐惧和喜悦；现实生活中，天台更多地充当着人们躲避尘世的地方。这里收留眼泪，也收留开心；这里收藏邪恶，也收藏纯真。其实，剧情里的悲欢离合，和生活里的悲欢离合，大致相同，不管是普通人的真实上演，还是演员们的完美表现，天台都给了他们最佳的配合。

种菜

这座城市，开得最高的桃花，不在公园和街道，而是在一座楼面南的天台上。

这里是市中心的核心区域，因此，这座小区被誉为"楼中楼"，不光是因为它一平方米高达三万元的售价，也不仅仅是它使用了美国、德国、法国等九个国家共计三十个世界顶级品牌的材料和设备。这个号称打造百年经典建筑的小区，在将欧式典雅和中国传统和现代元素融合的同时，用了全市最大的绿化面积，等于是以高达60%的绿色，在城中心建造了一座花园式小区。

基于以上优势，我们对这个高端小区保有想象而望而却步。每次路过，也只能远远看几眼，似乎看几眼都能占到便宜。三月中旬的一天，我从宁安大街经过，无意间就看到了天台上那株桃花。桃花所在的天台，并不是整栋楼的天台，准确地说，是在最高那一层的阳台突出部分形成的一个小天台。

整个区域里，只有一株桃花，粉嘟嘟的，只要看一眼就能发现它。它站在这座城市的高处，高处不胜寒，它的开放是否遇到阻力？它的芬芳会不会有人享受？它无数朵粉色的花瓣，会不会引来蜜蜂的垂青？这一切都没有答案。

心里突然就想到"大隐隐于市"这几个字。在繁华的城市中央，一栋楼的天台之上，一株桃花就这么肆意地开放着。它的主人，或煮茶，或抚琴，或捧着一本书，这时候，就有一种梅妻鹤子的闲适。

作为从乡下来到城市的新市民，我已经丢掉了乡下的生活习惯，也不把城市当成是乡村对立的所在，但心里还是怀着深沉的乡愁。无奈人居环境限制，诸多和乡村有关的设想无法实现。

而这个春天，天台上的一株桃花，不光让高端小区和我之间拉近了审美上的距离，还让我装模作样想起了乡愁。这个时候，乡下的桃花已经开满西山了吧，一出门就进入了大自然。而在这座城市，多少人也想拥有乡下那般和大自然亲近的生活，他们向往出门就能看到桃花或者有一块菜地的田园梦想，却只能面对水泥森林带来的压抑感。

城市的出现，本来是冲着和农村的区别来的，可后来，越来越多的农村人涌进了城市，变成了城市里的人，于是很多乡村生活经验，被移植到城市。比如，种地，或者说让绿色植物围绕在身边。

很多人都希望能有一块可以种菜的地方，可是，城市里除了绿化在规划范围内，已经没有多余的地方盛放乡村梦想了。刚开始，很多买了一楼的住户，在小区的绿化变差之后，开始一点一点将草地变成园地，种一些具有什么价值的植物，看物业不管，就大胆种起菜来，一则省了钱，另一方面则实现了家门口种地的夙愿。

第一个这么干的人，启发了更多住在一楼的住户，于是大家纷纷模仿，这样一来，矛盾也随之破土而出：公共区域，凭什么你一个人种地？投诉、处理、强制恢复……管理者一系列的操作，就这样让绿化用地变菜地的现象消失了。

实在有这个情结的，只能到城郊去买房子或者租一块地，可还没等摸着门道，城市扩张的脚步已经抵达。于是，一种叫天台种植的现象出现。

我在惠民小区租住的时候，遇到过一个怪异的老太太。她整天待在天台上，给那些盆盆罐罐里的植物浇水，我担心那些植物会因为饮水过多而死，可实际情况是，一到夏天天台上就显得郁郁葱葱。

老太太坐在花丛里，看一会书，打一会盹，仿佛天台以后的凡间跟她没有任何关系，她和植物在另一个世界，只需要闭目养神，然后向每一棵植物问好就行。我还没搬走的时候，老人安详离世，家人遵照遗嘱，将她的骨灰葬在一棵树下，活着的时候在天台侍弄花草，死了就和它们为伴，这一生也算对自己有个交代。

我一直想，老太太为什么把自己置身于天台的绿色，后来才明白，对于一个老人而言，植物可能比亲人更值得托付，当亲人们节日性回家之后带来的空虚无法排解时，她选择和植物们在一起，因为这些不说话的小家伙，从来不会离开她一步。

天台只是她躲开人世的一个去处，绿色才是安慰她的最佳选择。关于精神分裂症的研究结果发现：与生活在绿地最多的地区相比，生活在绿地面积最少的地区的人患精神分裂的风险增加了1.52倍。即使考虑到城市化、年龄、性别和社会经济地位，风险的增加也保持稳定。

研究得出的结论是：增加对绿色空间的曝光，有助于降低疾病风险。绿色空间被广义的定义为草地，森林甚至玉米田，而在城市里，这个定义会具体到整齐的茄子和西红柿，爬山虎或者桃花，只要带着绿色，就约等于拥有了绿色空间，也约等于抵制了精神分裂。

外国人经常通过群体的数据分析得出自然与人的关系的某种定义，而在我所生活的这座城市，菜地或者绿色的植物，是源自乡村生活的习惯，现在，越来越多的人买房子喜欢买在一层或者顶楼，只为了拥有一片属于自己的菜地或花圃，他们觉得，只有这样，生活才能有色彩，也只有这样，才在城市里保留自己的乡土情结。

关键词

偷窥。这一定是和天台有关的所有关键词里你最想了解的一个。从地理位置来看，天台居高临下，给足了视野，只要找好掩体，就很容易发现隐藏在人群的目标。在电影里，天台成了狙击手和监视者的最佳选择，而偷窥者们，也发现了它的好：掩体是高处的部分，一个人站在背后，就像长在墙里。有那么一段时间，你对这个城市的街景比较感兴趣，于是徒步走走看看，在看过几十条街道之后，就想看看立体的城市到底是什么样子。于是，就去一些相对比较高的楼层，俯瞰城市，看到的却是城市的局部，并且因为距离的原因，局部还是变形的，但是你发现，这不影响你偷窥，看对面写字楼上人们的疲惫，看对面居民楼上人们卸下疲惫之后的随意。肯定还有别的更加刺激感官的内容，你不想说，那就藏在心里吧。不过可以确定的是，那段时间，你像个偷窥者，在不同的天台，一遍又一遍地欣赏着城市不同的样子，像极了泰国电影《晚娘》里那个透过地板偷窥晚娘而疯狂爱上她的小伙子，也无可救药地喜欢上了这座城市。

躲避。天台是偷窥者的隐秘地，也是不屑于去人群里的人的世外桃源，一个人出现在天台，他闲庭信步。城市用建筑将我们分隔，然后用身份、收入、喜好等元素再次将我们孤立，于是就出现了喜欢热闹的人，和习惯了孤独的人。喜欢热闹的人一般去街上和广场，而孤独的人经常出现在天台。他们不喜欢和别人分享同样的街景，于是他拥有了上帝视角，他不喜欢和别人擦肩而过，却又对人群充满好奇，于是只能看着一颗又一颗的头颅在城市里行走。他们以孤独之名，躲避人群，在他们眼里，天台也很拥挤。

眩晕和战栗。这两个词是同时出现的吧？你先不用急着反驳，当你想到要靠近天台并且从上往下看的时候，你的身体已经对高处做出了本能反应，你已经开始不自觉地颤抖，很明显，你的眩晕和战栗已经共同作用了，以至于你已经完全无法自己。其实，你不恐高，但是仅仅想到自己站立在天台就会身不由己地哆嗦，更遑论亲身体会。这时候，我和一座城市之间就差一座天台的距离，我无法切身通过建筑的高度来感知城市，就像永远都不可能用后脑勺看这世界一样。一座城市，总有几个让人眩晕和战栗的地方，比如铁轨、医院和火葬场，而天台带来的眩晕和战栗最为直接。国外流行一种在网友们看来叫"作死"的酷跑或者攀爬运动，小伙子们在天台上找到合适的站立点，然后起跳，奔跑或攀岩，他们用激情挑战天台，用惊险刺激代替眩晕和战栗，他们是天台上的疯狂艺术家，当然，天台也可能成为他们最后的狂欢地。面对高空，还是尊重身体的选择吧，眩晕和战栗，会让天台保持神秘感。

封顶。其实封的是天台，一个天台的形成，意味着一座建筑的正式完成。这时候，需要一场仪式来记录，鞭炮和掌声在地上响起，天台只能看到蓝得绝望的天空，天空不懂得喝彩，所以它就一直那么空。天台不空，巨大的水箱，隐藏的通讯塔台，固定着巨幅广告的钢筋，以及装修时腾出来的过时柜子……一座新的天台，一出现就变成了旧的，被占据，被利用，这或许是一种幸运，毕竟会经常有人到天台来挪动它们，以及局部改造天台的功能。而更多的天台，则像天空一样，一直空着。它们被着色，或者保留建筑素材最初的颜色，它们成了卫星遥感记录下来的斑点，它们从来不被人注意，它们至死都没有被利用一次。它们比起那些一直无法封顶的天台，又是幸福的，至少它们以天台的名义素面朝天，而烂尾的楼宇，因为缺一个天台，永远无法封顶，成了城市的伤疤。它最大的意义是提醒人们，你们欠这座城市一个完整的天台。可是，迟迟得不到回应。

检阅。一个又一个的人从街道上走过，他们像接受检阅的队伍，面无表情。你站在天台上往下看，你只能看到头发的河流，红绿灯就像河道里的障碍物，车辆是泥沙中体型较大的石头。这是一个蹩脚的比喻，可是当你站在天台，你脑子里只有这么一个句子可以匹配眼前的场景，你为此懊恼不已，觉得自己语言天赋不够，又读书太少，于是你欣然接受了这一句，并且把它当作一篇文章的其中一部分，它代表你表达了一种天台视角，你也借由天台完成了一次对城市的阅读，这是多么美妙的过程，如果比喻再精彩一点儿的话，就更加完美。

完美。城市一直在追求完美，因此天台一直在变化之中，你完全没有可能通过某一时段的天台去判断这个城市。其实，不完美或许才是一座城市留在记忆里最可靠的理由，城市真的完美的话，谁又能记得住呢？你看，展览馆里那么多雕塑，多少年以后，你只记住了断臂的维纳斯。残缺或者说不完美，才是审美最应该下功夫的地方。而一座城市的不完美，从天台就能一窥究竟。劝你不要看得太久，我怕你会从爱上天台开始，爱上这座城市。

抵达：城市的距离

车站

我记住一座城市，是从记住它的车站开始的。

比如，多年以后，我想起陕西宝鸡的时候，总会想起火车站和汽车站在同一区域的奇怪设计，以及一个大院子里停满了全国各地班车且整齐有序的场景。

这是我在正式开始城市生活之前对于城市的记忆，时至今日，它们还能准确地指引我回到这座城市，不需要原封不动地还原曾经抵达时的路径，直接把时光的巴士开进它们的车站就行。

似乎有一种共识，不管是你所在的城市的车站，还是你抵达或者经过的城市的车站，原本设计各异的建筑，看上去总像是同一只趴在网上的蜘蛛。这些蜘蛛网上，是一张又一张的面孔。艾兹拉·庞德在《地铁车站》中就说：人群中这些面孔幽灵一般显现；湿漉漉的黑色枝条上的许多花瓣。

熟悉的人们在这里告别和迎接，陌生的人们在这里相识，车站见过太多的离愁别绪，所以越发薄情。不管场景何等悲伤，它只是冷静地盯着每一个人，从来不操心他们的沮丧和喜悦。任何一种感情，在这里都得不到安慰，似乎告别和迎接跟它没有任何关系一样。

这冷冰冰的车站，只给你一个一年四季都闷热的大厅，来来往往的面孔，花瓣一样盛开着，他们穿过大厅，穿过一座又一座的城市，把芬芳传递出去，把沮丧和喜悦留在这里。

这或许是车站薄情的主要原因，不过，我更愿意记住每一座车站的厕所和零食，它们总能给人留下深刻的影响。

厕所，这隐秘之处，在车站内却成了信息聚集区。

人们之所以在这里打广告，一定是看准了它的精准投放效果，当一个蹲下去的人习惯性地抬起头来时，眼前只有牛皮癣式的广告词：包治晕车、坚硬持久、预防早泄、不良信用修复、小额贷款……哪一条都会让你不自觉地读下去。字体很小，或者广告的内容简单到只有一个手机号码，但你总是能从它身上看到很多东西。有难言之隐的你，会悄悄记住那一串电话号码；有信用卡不良记录的你，肯定要拍下信用卡的广告；缺钱的你，一定对小额贷款有兴趣。不管从厕所里出来你会不会拨打广告上的电话，至少在蹲下去的那一瞬间，你是想联系他们的，只要有这个冲动，这些广告的存在就有意义。

零食从来都是最大的诱惑，不管是在家里还是路上。候车大厅里，刚和家人分别的孩子正在哭泣，一大包零食就可以把嘟囔的小嘴堵住；伤心的情侣刚刚拥抱道别，剩下一个边吃薯条边流着泪，电视剧受此启发，经常把这个桥段搬到屏幕上；等着接孩子的老人，手里抱着零食，心想只要孙子看到怀里的东西，一定会欣喜得跳起来；而饥肠辘辘的人们，走出站台，跟狼走在草原上一样，鼻子使劲地闻着香气，眼睛已经锁定了煎饼馃子摊。零食将人们对车站因为设计、伤感、呆板等带来的不好信息，全部替换掉，多年之后，当人们想起一座车站的时候，记住的一定是薯条的味道，或者是煎饼馃子的味道，而不是千篇一律的空气中混合的味道。

车站拉近了城市与城市的距离，却疏远了人与人之间的距离。有些人，从车站离开之后，就再也没有回来过，送别的人还在痴痴地等待着，最后他因为绝望而讨厌车站。有些人回来过，却没有迎接他的人，他形单影只，回来约等于没回来。

这一切都已经不重要了。现在，车站除了薄情，还对一些人表现出了不友好。实名制的好处是能让你记住排在你前面或者后面的人叫什么，这种身份的认证让陌生有了熟悉的可能。可是，一旦忘记携带身份证，或者身份信息出了问题，进入就成了问题。经常坐班车的那几年，总能遇到没带身份证的人因为被拒绝而焦虑、哭泣甚至大闹一场的情形，他们不光是为了身份证丢失而着急，更担心因此而带来的错过和失误。他们的内疚强烈到焦虑、哭泣和大闹一场。身份得到认同之后，物品也要经过确认。入口处的传送带上，每一个携带的行李，都在电脑上以造影的形式呈现在检查者面前，那些隐私，那些不想让人洞见的尴尬，一一暴露。每一个要进入站台的人，都要被扫描，被检测，如果没有发出嘀声警报，进入就是安全的，而一旦被拦下，或者再次检测，似乎就有了某种重大的嫌疑。每一个人都有嫌疑，至少在不乐意方面，毕竟没有人想被翻个底朝天，好在这一切都是出于安全考虑，人们也就机械地接受了它，并且在进入站台之后，迅速忘掉这个过程。

我一直觉得，从车站驶出去的每一辆班车都像一艘诺亚方舟。装满了失落的人们，他们去某些地方之后，会把这座城市的情绪带到另一座城市去。他们像传染病，在不同的城市之间来回穿梭，因此车站像被传染的宿主，每一座的症状基本一样。

站台

作为大街上常见的景观,站台以人人都熟悉且可抵达的便利,成为人们共同的记忆。

如果想在城市里的某个地方和某个人接头,站台一定是首选,因为每一辆公交车和出租车,都可以随时让两个需要见面的人出现在这里。从这个意义上来说,城市里的站台,成为构成城市的重要元素,且充当着巨大的记忆体系的关键角色。

和电影或者文学作品里那些留存着个人成长回忆录的县城站台不一样,比县城稍微大一点的城市站台,总是显得没有情趣。人口不多的县城里,很多离愁别绪是在站台发生的,而在人流密集的城市中,似乎每个角落都可以当作背景,承载撕心裂肺的哭泣和欣喜若狂的欢喜。因为多年之后,当事人想起这些细节的时候,压根儿不会在乎它是在哪儿发生的。

这就塑造了站台的无情,而它的没有情趣,从它千篇一律的设计就能看得出来。雨棚、座椅、广告牌,随意搭配之后的三部分，就构成了站台这一个整体，然后等着人把它填满。出现在它上面的人，用身体的姿势、面部的表情、衣着的颜色，赋予它审美，而站台本身并不具备这个功能。

因此，你不能怀疑城市管理者的审美。他们努力地让站台显得独特又和整个街道的风格融为一体，为了不至于整个城市的站台都一个风格，还想办法让每一条街上的站台显得都不一样，哪怕只有细微的差别。可是你通过这些差别，往往会发现它们在审美上的问题。比如，北京东路上的站台，雨棚明明可以设计成看上去像线条一样的厚度，可偏偏是四合院里那些老房子一样的屋檐在替乘客挡雨。再比如，两边对称的站台，明明可以设置四个座椅，可偏偏只有两个，还都集中在某一侧，另一侧只能站着等车。而广告牌上那个面容精致的美女，明明可以看到大长腿，可悬在半空的广告橱窗只能装得下她的上半身，美女的气质一下子就打了折扣。

和站台上一直在变的乘客相比，挂在广告橱窗里的广告变化明显迟缓了很多，有时候，前一年的开业广告甚至还在等待着人去阅读。作为由流动的人和固定的站台构成的意象，人做到了及时。其实，以公交车为主要出行工具的人们，更希望贴在站台上的是一首余秀华的诗，而不是那些千篇一律或者莫名其妙的新楼盘商业广告。

不管是站在站台上等车的乘客还是远远看一眼站台的行人，他们的感官其实有着很高的灵敏度和适应性。对于同一个站台，不同的人看到之后留在记忆的意象可能完全不同。

即便如此，这个无情且没有情趣的站台，却一批又一批地接纳着这座城里那些有趣的灵魂。

赶路的人只要经过站台，他的性格，脾气，甚至追求和爱好，都被站台一一记录。而无法选择自己出生地的站台，因为有了赶路人留下的气息，再加上周边环境的熏陶，也渐渐有了自己的个性。

急性子的司机，一路风驰电掣，把公交车开得像海上颠簸的快艇，唯一的目标是靠岸，不管乘客是否晕船。抵达岸边的时候，他才想起来要踩刹车，噗一声，公交车如同被放了气一样迅速停下来。慢性子的司机，应该有赶毛驴的经历，他不慌不忙，把红灯当山头，把绿灯当马路，慢慢悠悠进了站。不管司机快与慢，车门打开的一瞬间，车上的人流水一样倾泻，车下的人鲤鱼跳龙门一般迅捷，在完成惊心动魄的交换之后，车门关闭，缓缓驶离。

优雅的人，即使在公交站台，也保持着优雅。他们站在人群以外，不张望，也不看手机，似乎来此并不是赶车，而是来参观别人上下车。他们的脸上没有汗渍和涂抹不均匀的面霜，裤腿也不会有什么褶皱，一般会背包或者挎个坤包，哪怕看上去瘪瘪的，也觉得这包和他很搭，也只有包才把他和众人区分开来。

这样一来，站台之上，至少有人不会焦急地望着车辆驶来的方向。这个动作跟病毒一样，最开始一个人张望，不一会儿就有很多人一齐张望，似乎他们的目光能让公交车比平时早一些抵达。在旁观者眼里，站台上的人数是个很不错的参照系，站台上的人越多，说明

76

上一班车走得时间越长，而下一班车即将到站。公交车严格按照时间让站台发生着变化。

站台之上，每一个人都有自己的特点；城市之中，每一座站台也都特点不同。位于解放东街的老大楼站，永远有三种人在等车。第一种是手里提着大包小包的购物者，他们从老大楼里出来，拎着接下来几个月要穿的衣服。他们受消费规律支配，季节性出现在这里。第二种是长期在这一站上下车的，他们知道想在繁华的商业区打车，比在超市买东西打折都难，所以早早练就一身等车的好功夫，眼疾脚快，总能在车停稳的时候，抓紧扶手挤进车里。最后一种人往往只是把这里当作中转，每一次被第二种人挤下来，他们会坐在站台的椅子上等，直到有人少的车到站，才起身上车。前两种人塑造了老大楼站的商业气息和快节奏，而第三种人，却以自己的方式让这里变得慢下来，中和了快，冲淡了商业气息，让这里保持着正常的状态。

导航

你有没有这种感觉，在没有导航之前，不管去哪里，似乎都是一件很神圣的事情。你要沿着指示牌的指引，偶遇路途上一些不可预测的状况，在到达目的地之前，总有一种唐僧师徒西天取经的感觉。有了导航以后，很多环节就被省略，新的问题随之出现：不开导航似乎不知道怎么去某个地方，并且明知道出发地和目的地之间的距离，却总是希望能有捷径可走。

是的，是导航改变了一切，人从依赖它的那一天开始，变得对路不敏感，对距离不敏感，对到达不敏感。人本能地跟着它，从一个地方到另一个地方，只记住了位移的变化，根本没有把走过的路放在心里。也因为有导航，低头看显示界面的时间，快赶上抬头看车轮下街面的时间。

在导航出现之前，一个人和另一个人之间的距离是模糊的，有朦胧之感。一个人要去另一个人所在的地方，先得根据火车和汽车的班次，制定一个出行计划，然后在某一天出发，跟着指示牌走，跟着汽车、火车、公交车、出租车走，一路上思念因为距离变得沉重起来。我一直觉得，一个人想另一个人，写信、打电话，或者发呆，这中间的诗意让两个人保持吸引。浪漫一些说，一个人越想另一个人，月色就会越凝重。而有了导航，一个人和另一个人之间的距离就变成很多条直线，这中间就可以忽略掉车站、高速服务区、公交站点，忽略掉一个人内心的期待。当两个人打开位置共享，在一起就是一个概念，一个现象，一个轻而易举的过程，而不是漫长的跋涉和等待。意外的邂逅，在路上偶然出现的岔路和插曲，在导航的直男性格之下，也随之消失。因此，从这个意义上来说，导航对诗意造成了极大的破坏，很多跟距离有关联，且可能传世的句子，就这样消失了。导航却从来不感到内疚，每一次抵达，都会执着地播报着：您的目的地已经抵达，谢谢使用本次导航，祝您生活愉快。

当然，导航的作用肯定要大于它的副作用，毕竟它为很多对路不敏感的人节省了时间，缩短了人与人、城市与城市之间的距离。重要的是，它还通过运行轨迹，为此地到彼地的过程留下了痕迹。其实，人进了城以后，走路就再也不会留下脚印了，更不用说骑车、开车。车轮不管和地面接触多少回，哪怕是柏油马路被压出车轮状的深坑，轮子也都不会留下痕迹，柏油路面像收脚印的人，把所有脚印一把收走。如此一来，我们可能会因此而恐慌，明明去过某地，却没有任何能证明你去过的痕迹。于是，你通过拍照片，发朋友圈时带定位的方式，试图标记下你的空间位移，这样你才觉得踏实。

共享单车

自行车像洪流一样经过城市的场景，再一次上演，不过，不同于二十世纪八十年代的是，骑车的人，屁股底下坐的自行车并不属于自己。以前需要双腿蹬的自行车，也换成了拧了把手就能跑的电动自行车。轮子还是那两个轮子，城市的街道也还是那几条街道，自行车已经从私人物品，变成了共享商品。

身份共享是共享单车显而易见的特征之一。除了一大早出来逛早市的老人，和去公园散步的部分年轻人之外，赶在八点之前到单位的年轻人，打不上车的中年人，穿着制服出门的快递小哥，眼看着要迟到公交车却迟迟等不来的刚毕业的大学生，手里拎着早餐的新媒体工作者以及出门买生活用品的打工者，只要扫开一辆共享单车，他们就已经不再是上班族、快递小哥、打工族了，而是共享单车驾驶者，他们拥有同样的装备，同样的速度，就连风吹打在脸上的感觉，都是差不多的，他们朝不同的方向行进，他们让身份这个问题变得单一，在到达目的地之前，他们是一样的，如此一来，街道因为他们暂时放弃了别的身份而变得简单起来。

　　有时候，骑车人的心情也会共享。一大早出门的人，心情跟手机电量一样饱满，他们相信一早上的好心情一定能持续一整天。他们骑着的共享单车，也被这种情绪感染，它们整齐划一地停在路边等待着被使用。坐在上面的人，只要一拧把手，就会蹿出去一大截子，以至于你需要刹车来控制，才不会撞到排在你前面的人。到了晚上的时候，共享单车就像进入了暮年，已经没有多少气力站得齐整一些。骑在它身上的人，疲惫不堪，还要一边骑车一边打电话处理剩下的工作。停在街面上的共享单车七零八落，很多已经电量不足以维持动力，等着更换电池。被人传染的共享单车，也需要一个漫长的夜晚来调整状态。

停车点的标线明确要求，所有共享单车停放时车头要朝外，也就是对着大街，可是在电信大厦楼下的三个停车点位，总有人会将车头朝内，并且第一个人这么干了，随后停车的人也会这么干。我经常会被一排一边车头朝外一边车头朝内的共享单车群吸引，有强迫症的人，一定不能多看一眼，不然会有去调整的冲动。车头朝内的停放方式像传染病源一样，被一个倔强的人所携带，被传染的人相继模仿，有意思的是，到最后他们都不知道自己是怎么被传染的。往共享单车头盔和车筐里扔垃圾，证明传染病的症状加深。这是让管理者头疼的事，可没有好的改变方法。人们共享好习惯的同时，坏习惯也会被共享，这是无法避免的事情。

有一次，我无所事事，骑着共享单车在街上闲逛。走到新华街和玉皇阁街十字路口的时候，被红灯拦在非机动车道上。车子刚停稳，一个残疾的乞讨者就冲我喊。他用手指向我共享了他的不幸，我不确定他瘫在地上的双腿是否真的无法行走，我也不确定他放在路上的拐杖是不是道具，我只确定口袋里没有可以给他的零钱。这年头，身上装零钱的概率，比手机没电的概率低多了，我只好转过头去，就当没听见。他继续朝我喊着，声音不断提高，有呵斥的意味。我转过头，掏出手机晃了晃，打算用这个动作告诉他，我没有零钱，现在都是手机支付。他不理会，继续喊，有一瞬间，我觉得这个画面很有意思，就用手机拍了几张照片。这下，他怒了，用了最脏的话骂我，意思是你不给我钱还拍我，你哪来的脸？那一刻，所有停在十字路口的人都被他的骂声吸引，一种无地自容的羞耻感和他们的目光一起朝我袭来。

　　是啊，在这个共享年代，他共享了自己的苦难，我却没有共享我的零钱，从逻辑上来说，我该被骂。可是，我口袋里真的没有零钱可填满他面前的盆子。好在绿灯亮起，我使劲拧了下电动把手，让共享单车迅速地把我送到街对面。我走远了，他还在骂着，那些被他骂出口的句子，被下拨等在十字路口的人共享，同样，他们也没有向他面前的盆子投入零钱。他们作为城市的主宰者，因为移动支付，和乞讨者之间保持了适当的距离。

停车场

如果你持续关注本地城市变化，就能通过对比近十年的地图发现这个事实：街区和街区之间的连续性，正在被越来越多的内部分界线所破坏。或者说，某个区域单一的属性正在慢慢消失，城市的距离越来越近。

在城市里，一块完整的土地，一开始就被分割出不同的使用区域，而每一个职能部门都在它身上有属于自己的执法范畴。随着城市功能和居民需求的变化，一些区域的界限开始变得模糊，甚至同一区域拥有不同的用途。

比如人行道。在停车场出现之前，街道只有人行道、非机动车道和机动车道三部分，现在，人行道被分成人行道和停车场，有时候非机动车道也会变成人行道和停车场。

原本随时可以擦肩而过的地方，现在停着车，人只能排队前行。人与人之间的距离，无形中被一个又一个的停车位拉长。不过，另一些人之间的距离，却越来越近，我说的是把车停在这里的车主们，他们的车辆靠近的时候，一切距离也都靠近了。脾气好的，下车碰面彼此给对方一个笑脸，某种意义上就有了共同点。车技不如人的，经常在停车场给自己制造麻烦，剐蹭、无法倒车入库、被挡住出路等等问题，无形中让陌生人之间有了关联。经常也能看到一个街区的人把车停在另一个街区的停车场上，车辆让人在不同的街区、省份和国家流动，停车场却像远方一样，收留了所有远行的灵魂。

我总觉得，街道上早晚高峰的车流，像极了巨大的蚯蚓。由车辆组成的身体在红绿灯的指挥下蠕动着，遇到直行和单向拐弯，你会看到一条完整的蚯蚓穿过泥土时的吃力，而到了三个方向分岔的地方，这条蚯蚓则被砍断了头，之后很快又形成了新的蚯蚓。如果这个比喻成立的话，停车场就是蚯蚓收纳场。蚯蚓被切成段，晾晒在大地之上，只不过和真的蚯蚓不同的是，它们随时可以重新出现在街道，和另一些车辆一起，组成新的蚯蚓。

　　停车场应该是街道上最随意的设计了。人行道上画了网格，加了栅栏和收费系统，立起一个停车收费的标识牌，就变成了停车场。这被圈定的区域，一下子就值钱起来。"高抬贵手"这个词似乎是专门为停车场出口处的栅栏设计的。有车辆靠近，入口处的栅栏就急切地抬升，生怕你反悔。这个场景，总能让人想到古代勾栏瓦肆间那些手执手绢朝空气摇摆的女人。车开进去以后，停得越久越好，当你要离开的时候，出口处的栅栏可就变脸了，死死地挡着你，不扫支付二维码别想出门。你看，像不像那些女人，不给钱，别想走。

停车收费这件事其实有一个漫长而实用的流变过程。调动你的记忆回想一下，最早的时候停车场入口是不是有一座简易的房子，里面坐着一个上了年纪的保安，手里拿个计时器和遥控器。从进去的那一刻算时间，出去的那一刻，交钱、开票、开门，一个程序复杂的过程，中间还经常穿插矛盾。因为计时方式太过老套，先进的计时收费栏杆出现，车辆进入的时候自动计时，出去的时候自己计费，中间少了很多环节。简易的房子不需要了，保安也不需要了，全自动的计费系统迎接着每一辆车和它的主人，升降之间丝毫不差。水涨船高的是停车费，一个小时2元甚至更高的费用，让车主对时间和空间的价值，有了新的认识。

不过，有时候想给钱也没机会，因为车位数量有限，想拥有就得抢。我在某个停车场外持久地观察过，发现抢车位的主力竟然是当年在校园里半夜不睡觉在网络上偷菜的那批人，原来他们从上大学的时候就有了抢的意识。大学毕业找工作得抢，抢着排队，抢着报名，抢着面试，抢着复试，谁抢到最后谁就得到了机会。

然而，接二连三地抢，才刚刚开始，房子要抢，好地段和好楼层一样重要。职务要抢，认真工作和群众基础好都是砝码。孩子的学区要抢，这关乎起跑线和终点站的问题，第一枪从哪里出发，有着无比重要的意义。据不乐观推测，等这批人老了，进养老院买墓地也得抢，资源和人口之间，永远存在供求矛盾。

当下最紧迫的是抢车位，停车场就在楼下，方向盘就在自己手里，能不能把车停在理想的位置，考验的不光是技术，还有运气。很多人因为眼睁睁看着自家楼下的停车场车位已满而懊恼，不得已到附近小区寻找机会，而附近小区的住户，也面临着同样的问题。昂贵而不负责任的停车收费，让一些人不得不自己想办法，他们通常会把车开到偏僻的地方，免费停放，时间一长，免费的地方停车越来越多，最后安上栅栏，也开始收费。

懊恼已经来不及了，得赶紧想办法找下一个隐蔽且有长期免费价值的地方，但是很明显你很快就会失望，因为任何可以被开发成停车场的地方，都已经立起了停车收费的牌子。城市街边的土地，像极了当年在虚拟网络上被你种下的那些菜一样，随时会被人收割，而你苦苦练就的收菜本领，此刻，却无用武之地。

树木：虚构或抒情

奔跑的树

猝不及防，我和一棵奔跑的树在街头相遇了。

它躺在一辆农用三轮车上，冠部不知去向，粗大的树干突兀地倾斜在后车厢上，尾部藏在篷布之下。从它躺着的姿势来看，似乎并不是很痛苦，它的痛苦应该是被消失的冠部带走了。

看着它在街道上奔跑，我想起这棵树在此之前的遭遇：一定是电锯闪电般进入它的身体，轰鸣、撕裂，河流般复杂的内部就被齐生生中断，内部的水分和流动的思想一分为二，一份留在树干，一份丢在树冠。一定是挖掘机巨大的手掌缓慢地进入土与根构筑的领域，然后连根拔起，一条细微而庞杂的河流，就彻底和大地失去了联系，慢慢干枯。

在城市里看到一些没有冠部的树并不是什么稀奇的事情，不过它们大都是站立的，冠部被切开的部分，涂抹着某种药物，残缺之处不久将被新鲜的枝丫代替，它们将重生。而一棵奔跑在城市里的树，一棵近乎高位截肢的树，风驰电掣，在三轮车发动机的轰鸣声中，是去赶一场仪式，还是被当作危重病人送去治疗？

真正的结局如何，无法确定——

它或许是被送到某个新建的小区的，那里需要一些已经长得很粗的树来充当绿化。我买的新房子下面，就有一棵只有躯干的柳树，它是春天被移植过来的。刚开始，因为没有冠部显得干瘦如柴，夏天的时候，已经相当于毛发茂密的小伙子了，精神矍铄。变成绿化树，是一棵没有冠部的树最好的结局，虽然所有的树最终都躲不过死亡，但至少在新建小区落脚之后，它的生命将被延续。苟且偷生，同样适合于一棵树。

它或许是被送到某个木材加工厂的，那将是一个悲伤的结局，一棵树在失去了冠部之后，即将失去躯干部和根部，失去整个生命。这是一棵树的一生最有价值的收尾了。有些树有始无终地活着，有些树活着活着就死了。死了之后，它们被当作生态垃圾，被粉碎，被焚烧，最后变成公园里的肥料。只有很少的部分变成了家具，以另一种形式活在这个世上。

　　据说，习惯站立的植物其实是有"重力感知性"的，也就是说，这棵没有冠部的树在奔跑的过程中能感知到重力。此刻，它是在为自己多舛的命运感叹，还是正在享受不再站立的舒坦——站了这么多年，终于不用那么辛苦。

　　原本，躺下对于一棵树来说意味着生命的终结。好在一切还是未知，农用三轮车正在城市的街道上奔跑，这棵树也正在城市的街道上奔跑。

　　只要奔跑持续，生命就能在奔跑中得以延续……

举着鸟巢的枯树

虽然城里的树总是成排出现，但我总觉得它们很孤单。

你看，它们整天就那么孤零零地站着，街道上走路的人，只顾盯着十字路口闪烁的红绿灯，很少抬头看看身边绿意盎然的树。也很少有鸟去傍它的枝头，在上面蹦跳、鸣啭、休憩，即便有，也很快会被树下的喇叭声、叫喊声打扰。鸟和蝉一类的动物虽然离不开树，但是它们更爱好清静，住不惯这聒噪的城市。我已经很久没听见蝉鸣了。在乡下，一到夏天，蝉早早占据了乡村树木的枝枝权权，吱吱呀呀叫个不停。在城市里，你盯着一棵树，只看到路灯在沟壑之间流淌着，根本听不见蝉鸣。

因此，不管是开出绚烂的花，还是长出诱人的果子，一棵树只能孤芳自赏。

夏天，干枯的树容易引起人们的关注；冬天，还长着叶子的树经常被人侧目。这是北方的树的另一种宿命：夏天枝繁叶茂的时候，一棵树突然干枯了，就像一个盛年的人突然死去，而冬天万物凋零，一棵树却孤零零地绿着，这是何其悲伤。

悲伤这个词或许不准确，不过我找不到比它更合适的词语。众人皆醉我独醒，不是盛大的悲伤是什么？人如此，树亦如此。

此刻，透过一家酒店的巨型落地窗，我就看到了一棵枯死在夏天的树。它黑黢黢的枝丫朝天，像是干瘦的手要抓住什么，可又抓不住任何东西。手心里，只有一个鸟巢被擎着。

于是，我拍下它的样子，并以《无题》为名发了个朋友圈。一时间，大家开始为这张照片起名，有叫《家》的，有叫《巢》的，也有叫《绝望》的，都不得我心。

就因为这棵树擎着一个鸟巢而把照片命名为家或者巢，是不全面的。透过酒店的窗户看这棵树，也不一定能看出孤独和绝望。我要表达的，其实并不是巢或者家的概念，解读这张照片的重心，是这棵已经枯死的树高高地将一个鸟巢举起来这个场景，以及场景所传递出来的深层次含义。

它让我想起《那些活了很久的树》里的一段诗歌：

　　我将不会绝望，当我已经看见，在英格兰温和
的天幕下，那棵孤独的树，倚着西边的天空。

我不知道作家菲奥娜·斯塔福德当时看到的那棵
树和我此刻看到的这棵树之间有多少相似，但是她
写的这三句诗歌所表达的意境，却准确地回应了我的
心情。

"不会绝望"和"孤独"是两种状态，一种是我的，
一种是这棵树的。温和的天幕就在窗外，看着这一切的
时候，我和菲奥娜·斯塔福德之间就这么奇妙地构成
了回响。这种回响是多么神奇又稀缺啊。众多的评论里，
只有一句接近了我的答案。有朋友说："树枯了，鸟儿
替它活在世上。"照片上并没有鸟，但是这个朋友却想
到了鸟，他是懂这张照片的。

是啊，一棵树，死在了夏天，它干瘦的枝丫高高地

举着鸟巢，像灯塔一样等着鸟儿们回来，鸟儿们叶子一样落在干枯的树枝上时，这棵树就又活过来了。

需要道歉的树

在我的记者生涯中，遇到过很多奇奇怪怪的投诉，其中不乏和树有关的。

梳理一下和树木有关的采访，发现涉及的门类有两个：投诉树，以有行道树遮挡指示灯、春天杨树和柳树扬絮扰民、绿化树树冠过大影响采光、行道树滴油为主。投诉人，以未经审批种植或砍伐树木、过度砍伐树木、将公共区域树木占为己有为主。

涉及树的采访，结局大多是按照城市管理条例会有个修剪、移栽之类的结果。投诉人的，经常因为树无法张口而陷入窘境。有一件事，就因为当事人的"过分"要求，最后不了了之。

事情是这样的，进入秋季之后，我所生活的城市雨水增多，路边的行道树那硕大的树冠就成了安全隐患。一场大雨中，一棵树无法承受来自树的重量，喀嚓一声就断了，訇然跌落的树枝，刚好砸在了骑着电动车经过此处的老人身上。

好在有周边电线、围栏的遮挡，老人只是被树枝碰倒受了惊吓。医院去了，园林局的工作人员也上门给老人送去了慰问品，但是，老人却并不领情，他说自己受惊吓，需要一个道歉。

这下难住了众人，上门慰问的人想息事宁人，虽然事故不是他造成的，但一句道歉如果能解决一桩麻烦事，何乐而不为。可是，老人却说这事跟他无关，没必要往自己身上揽。工作人员只能继续往上反映，园林局的领导一听要为一棵树的事情道歉，笑而不语。事情陷入尴尬境地，老人迟迟等不来一句满意的道歉，就把投诉电话打到报社热线，要求有人为一棵树的行为道歉。

我去采访，老人第一句话就是，小伙子，我这么做不过分吧，总有人要为这事负责，替树说一句抱歉吧？我回答，不过分不过分。然后耐心地听他讲完整个事情的过程。老人是个退休教授，对城市管理颇有研究。在他眼里，城市里的植物犯了错，就该由管理者道歉。我第一次听这样的诉求，只觉得太有新闻性了，完全没有考虑老人为何会这么执拗，也没有追问如果没有道歉他会怎么做。后来，这事因为在报纸编辑看来太过荒诞而没有见报，老人的故事在我这里也不了了之。

多年以后看到这样一则新闻，说是美国的曼哈顿由于泊车不方便，一家快餐店负责人就用自行车送货，并把自行车用铁链锁在门口的树上。有位爱树的人给管理部门写信投诉快餐店虐待树木，不久快餐店便收到一张罚款通知书，罚款一千美元，罪名是"虐待树木"。执法人员说，若想免去罚金，就必须向那棵树公开道歉，并且拥抱它。这事还得在媒体报道，并保证以后再不将车锁在树上，还要经常为树浇水。

树给人道歉这事没有结局，人给树道歉这事如此有趣。心里就多了一份联想：那棵突然断掉的树，在砸完人之后，到底有没有因此而感到愧疚？

过渡带的双生树

我不知道树有没有双胞胎，但是这两棵树，就像双胞胎一样生长在一起。

从远处看，它们是一棵树，树冠左右对称，树干硕大有力。靠近才发现，它们是一南一北两棵树。南边的那棵，树冠朝南生长，北边的那棵，树冠朝北生长，南边和北边组合在一起，组成一棵完整的树。

我一度怀疑它们是连体树，从同一个树根长出来，但是靠近看，又很明显地来自不同的根系。它们树干的形状和树冠的样子完全不一样，只不过在一起时间长了，相互仿生，彼此模仿，就成了看上去一样的两棵树。

严格来说，这棵树不算是城里的树，它处在城市和城市之间的过渡区域。

城里的树和乡下的树是有很大不同的。城市中的树不像乡野之树那般散漫，管理者不希望它恣意生长，必须在剪刀和树木修剪锯的加持下变得错落有致，伸展有序，它们跟城市的街道和房屋一样，除了实用性之外，还带上了审美功能。因此，每棵树要想在城里立足，就得学会遵守城市法则，接受管理。乡下的树就随意多了，它们的出生随意，种子落下来，只要有虚土就可以发芽；生长随意，只要牛不一嘴吃了，只要孩子不随手拔了，它们就可以顺利长大，当然它们的存在也很随意，没有人会去关心一棵树的死活。乡下的树跟没有爹妈的孩子一样，野蛮生长，自我约束，要么奇形怪状，要么本本分分。

这两棵树就有点不一样了，最开始的时候，它们是按照乡下的活法把自己活成了双胞胎的样子，你从它们树冠的走向和树桩的形状就能判断它们此前有多随意。现在，它生活的区域，已经被蓝色的铁皮围挡，周遭的房屋已经被夷为平地，土地也不再耕种。这片区域已经变成城市的一部分，它的生态即将发生巨大变化。

乡下地多，两棵树可以随心所欲地长，冠部和根部可以竞赛一样肆意地生长。生活区域突然变成城市，它们还能有如此宽松的生存环境吗？城里地皮紧俏且值钱，开发者是否能留下足够的区域让它们继续生长？即便留下了空间，错综复杂的城市地下环境，又是否能为它们提供足够的营养？水泥浇铸的地面，钢筋坚固的地基，留给各种管线的空洞，哪里能盛得下大树庞杂的根须？别说地下，城市的上空也并不宽敞，耸立的楼房，交织在一起的电线，能给它们腾出多大空间？还有出现在树身上的吊床，悬挂于两棵树之间的横幅，围绕在两棵树之间的铁丝，以及那些治病、搬家、办证的广告，牛皮癣一样覆盖于树皮，它是否能承受其重？

两棵树以原地不动的方式进城，是城市化进程中必然出现的现象。很多住在乡下的人穷其一生都没有实现的愿望，被两棵树轻而易举地实现了。可是我不免为这两树的命运担忧，它们是将以乡下的方式继续生活，还是将按照城里的规则，接受修剪、移植、管理？

想到这些，不免为它们担忧起来。其实，不光是我，连以前经常落在它们身上的喜鹊也已经许久不露面了，它们似乎比我更早地预判了这两棵树的命运。毕竟，只有鸟雀最懂树。

被围起来的树

一棵树究竟能拥有多大的城市空间？

如果从它们的生长范围来看，应该是如下的公式：根所触及的范围＋树冠所覆盖的范围＋树干的面积＝一棵树拥有的城市空间。

对于这个公式，数学老师沉默不语。语文老师肯定会说，这样算并不完整，还要加上阳光照在树上形成的影子的大小，再加风吹过来叶子落到地上的范围，应该还有别的，可以忽略不计。

表面上看，一棵树拥有的城市空间似乎很大，但现实是，它只拥有一个正方形的格子，这是市政管理部门留给一棵树的有效范围，这个空间，还得铺上沙子、木屑；这个空间，主要用途是树根喘气和接受浇灌。

一棵树在城市的方格子里生活得久了，就收起乖张，收起野心，学会接受被限制被修剪的现实。但是它怎么也没想到，自己如此委曲求全，有一天竟然还会被关在笼子里。

在中山公园的一个角落里，一棵树被围上了铁栏杆。这是一棵中年的槐树，乱糟糟的冠部和被剥掉皮的树干，长得慌张而油腻。铁笼里，高大的长颈鹿正在悠闲地接受着围观。

围栏是给长颈鹿安装保护措施，预先阻止那些恶意破坏的行为。再靠近一点就会发现，这个方形的铁笼外面还有一圈围栏。对于长颈鹿而言，这种措施似乎有些过于谨慎了，更不用说置于其中的槐树。它一直铁青着脸，一言不发。

这是我在这座城市里见过的最憋屈的一棵树了，不光要被围起来，还要接受长颈鹿的舔舐、踢打，所以它的树冠乱糟糟，树干部分已经不见树皮。我在很多为长颈鹿拍摄的照片里，没有找到这棵树落魄的身影。

是的，它活得像个负重的隐身人。

被嫌弃和被争夺的树

树的美德在于，它若开花，就会满树繁花，点缀四时的野景；它若结果，则使人口舌生津，以飨口腹之欲。无私，让人们对树有了亲人般的认知，但一棵树怎么也没想到，有一天自己竟然会被人们所争夺。

大学毕业后，我租住在学校周边的一个老旧小区里。这里是城区最早的小区，从平房搬到楼房的人们。一直保留着农耕的习惯。住在一楼的人，会把门前的区域围起来，种上蔬菜和果树，过起"林外鸣鸠春雨歇，屋头初日杏花繁"的田园生活。这让住在高处的邻居煞是嫉妒，可谁让自己已离地三尺了呢。

一些老住户说，这些树慢慢地就高过了一层楼，二楼的住户也开始感受树木带来的惬意，可是，树不修理不直溜，不直溜的树不是伸进了二楼的窗户，就是挡住了三楼的阳光，于是矛盾就出现了。一棵树从二楼以上开始被嫌弃，被城市园林绿化管理条例限制。

虽然是住户自己种的树，但是不能随意处置，城市里的树是受法律保护的，只能向园林部门投诉，执法人员上门，一般不会征求任何人的意见，一把锯子、一把斧子，就开始执法。最后的结果是，这棵树被砍掉了头，显得怪怪的。

这棵被邻居嫌弃的树最后还是被移走了，它的生长速度太快，几乎每一年都要被投诉几次，被执法几次。为了彻底解除隐患，这棵树最后被移栽到了附近的公园里。绿化工作者很人性化，给树挂了个牌，明确表示它属于原来的主人。从此，公园里多了一棵树，而我住的那个单元楼下，一直空着一大片。

对于树，有人嫌弃，有人喜欢。离开乡下定居城市，某种意义上来说，我就是一棵移植自乡下的树，有着乡下的属性和爱好。在城市里有了自己的房子之后，我对乡下的植物念念不忘，甚至曾经从乡下移植过一棵幼小的槐树苗，想着它活在我身边就约等于故乡也在我身边，这样心里会更加踏实。整个过程中，我兴师动众，先向乡下的土地和植物表达了动迁的想法，然后谨慎地把它连根挖起，尽量保持原土。我把它用塑料纸包裹起来，回城的路上专门让它坐在副驾驶的位置，生怕它的根部因为颠簸而松动。上了楼，我拿出新买的大花盆，郑重其事地举行了移栽仪式，就等着它茁壮成长。可是，它只在城市里生活了三天就枯萎了，不知道是移植的方式有问题，还是这棵树对我的这一做法进行了抵抗。我看着它，懊恼又觉得惋惜。要是不把它移栽过来就好了，至少在乡下，它能由着自己的性子长大，现在，我只能把它扔进垃圾桶里。这应该也算是一次对树的争夺，结果是这棵槐树以死为代价，维护了自己作为一棵乡下的树的名分。

突然想起在乡下经历过的一次争夺树的过程：远亲的大表哥和二表哥家的院墙外，一棵核桃树进入了壮年，满树的核桃吸引了我们这些少年的目光，还不等我们去摘，树下就热闹起来了。大表哥和二表哥的媳妇，因为核桃树的归属问题破口大骂，两家人陷入一场持久的混战。村里为了平息这场矛盾，决定砍掉这棵核桃树。砍树的那天，两家人都安静地站在各自的院墙下看着核桃树轰然倒下。树从中间部分一分为二，木柴和核桃两家一家一半，最后只剩下一个树桩无辜地立在两家的院墙下。二表哥一家在分了核桃树之后不久就举家搬迁到移民安置点，大表哥因意外离世，留下的三个儿子相继长大后依次离开了乡下。从此，两家的大门不再打开。

两家人如同核桃树上的鸟，离开之后再也没有回来。村子里也没有人为两家人的离去而停留，就好像这两家从来都不曾在这里居住；再没有人为一棵树的消失而伤感，仿佛这棵树就从来都不曾在这里出现过。而那棵核桃树的树桩，像墓碑一样立在巷子里，它的周遭长满了野草。

窗外的树

鲁迅先生说，他家的后院有两棵树，一棵是枣树，另一棵也是枣树。

有趣的是，我家窗外也有两棵树，一棵是杨树，另一棵也是杨树。

我刚搬进来的时候，它们才一层楼那么高，从五楼看下去瘦瘦弱弱的，看不出来有什么远大的前途。一晃在这里住了十年，再看它们，已经跟五层楼一样高了。这十年，我看着它俩慢慢长高，至于它俩是不是也看着我，不得而知。

　　看的时间长了，就觉得这两棵树跟我很像。它们是这座小区建起来的时候栽下去的，浅浅的根被埋进土里的时候，一定有着我刚进城时的诸多不适。身边不再是成排的杨树和齐刷刷的草，眼前是一条街，身后是窗和玻璃，满目没有熟悉的面孔。

　　当时我站在银川的街头，就是这样的感觉。在乡下生活的十八年里，我一直渴望着进城，总以为进了城一切都会变好，可是真正进了城，却无所适从。不知道东南西北靠什么去分辨，不知道进入这座城市的建筑要从哪里开始，一切处于懵懂和混乱之中。

　　我已经想不起来是如何一步一步像一棵树一样在这座城市扎根的，只知道，很多个夜晚，我都看着这棵树所在的街道，看着渐渐熟悉的城市，总结每一天的得失，不断让自己的羽翼变得丰满。

我看着这两棵树，也在变得丰满、茁壮。其实，它们比我幸福多了，至少落脚之地是别人选好的，不需要贷款交首付，至少不用为去哪里做选择，它们生而为树，就把站立作为一种修行，至少不用为拒绝还是迎接鸟雀而纠结，它们有了落脚之地之后，就成了鸟雀的落脚之地。

它们被选择作为行道树，就意味着它们做好了孤独于世的准备，也做好了与城市融洽相处的准备。我和这两棵树，直线距离不足十米，共享着一个生存空间，在陌生的城市中却又各自孤立地生存着，这让我们之间有了交流的可能。

我把收获的状态、失落的状态、慌乱的状态、暴躁的状态展示给它们……它们一言不发，这很好。这座城市里有很多说话的人，有很多话需要被倾听，它们有沉默的美德，就不怕无妄之灾落在身上。

我的状态一直更新着，就如同它们的身高和树杈在不断长大，我习惯了向它们展示，它们习惯了向我守口如瓶，我们达成了默契，我们一同在这城里安静地生长。有哲学家说，植物不仅为我们提供食物、药材和建筑材料，更鼓励我们去想象和思考。我家窗外的这两棵白杨树，给不了食物、药材和建筑材料，但它们努力且坚强地站立，给了我足够的想象和思考。

瑞典诗人托马斯·特朗斯特罗姆应该是最懂树的诗人了，他的诗歌，写出过人生宇宙的静谧与躁动，也写出过一棵树的焦虑与等待的内心：

> 有棵树在雨中走动 / 在倾洒的灰色里匆匆走过我们 / 它有急事 / 它从雨中汲取生命 / 犹如果园里黑色的山雀 / 雨歇了，树停住了脚步 / 它挺拔的躯体在晴朗的夜晚闪现 / 和我们一样，它在等待着那瞬间 / 当雪花在天空中绽开。

受这首诗的启发，我开始把窗外的这两棵杨树和人联系到一起，它们看上去在季节面前不卑不亢，在鸟雀面前淡定从容，在闪电和斧锯面前临危不惧，但这仅仅只是我看到的表面，它们内心，其实也有恐惧、不甘和挣扎，当然也有等待雪花在天空中绽开的豁达。

作为季节变换的参照物，这两棵树启发了我，抚慰了我。我承认，在陌生的城市里，有那么一瞬间，我把这两棵树当作了亲人，而它们却对我的殷勤充耳不闻。

照片里的树

我的手机相册里有很多棵树，它们是我在城市之间流转时遇到的。它们之所以能成为一张照片上的树，有一些是因为颜色鲜艳，有些是因为造型独特，有些就不知道到底因为什么了。

在去齐齐哈尔的路上拍的一排白杨，它们正被夕阳之后的氤氲浸泡着，它们像一把即将要下锅的青菜，它们一闪而过，它们毫无征兆地留在了我的手机里。我看着这一排白杨琢磨了半天，怎么也想不明白它们为什么会被我拍下来，并且是坐在高速行驶的汽车里摁下快门。广袤的东北大地，那么多杨树，偏偏是这一排

111

被我拍进了照片，它们应该是站在高速公路边等着我们的故交了吧。看着我们离去的背影，它们不疾不缓，它们从容淡定，它们不说欢迎，也不说再见。

在扎龙国家自然保护区，我遇见了六棵在水边照镜子的树。它们和一片芦苇在一起，远远看过去，只看到树，看不到芦苇。一泊水就这样照着它们，你可以说它们顾影自怜，也可以说它们就长在水里，水里的树和地上的树，形成一个对称的整体。所有的情感，都被分成了两份，一份在水里，一份在地上。水里的树开心，地上的树也开心；地上的树不高兴，水里的树也不高兴。

有一棵陪伴过史铁生的树，也躲在我的相册里。拍摄地址显示为北京东城区和平里西街75号，那是我第一次去北京，因为受着《我与地坛》的指引，去的第一个景点就是地坛。这是一棵很普通的树，我执意认为它曾陪伴过史铁生。于是，我多看了它几眼。虽然这棵树的树干上并没留着一只蝉蜕，但是偌大的公园里，我的寂寞还是如一间空屋。这寂寞来自史铁生。北京，我连它身上的一只蝉蜕都算不上，但是坐在地坛的树丛中，我却有史铁生说的"一间空屋那么大的寂寞"。这寂寞，只有照片里的那棵树知道，我拍下它的时候，它正以树影的形式，落在红色的墙上。这场景，本身就像一张老照片。

我见过的最高的树，长在一座建筑的第三十层，那是一棵桃树，春天的时候，它一身粉色，站在这栋楼其中的一间屋子的露天阳台上。它像一个穿着旗袍的女子，俯瞰着城市。它在等着某个东西的到来，它独立窗前，有一种绝世的孤独。

说到孤独，我才发现，这似乎是我拍下来的那些陌生的树的通病。

东城区国子监44号，我和一群鸽子相遇。此刻我正经过国子监门口长长的甬道，而它们正经过一棵长在墙上的树。一个异乡人，在陌生的北京街头，和一群鸽子在空旷的北京天空，是完全不一样的两种境遇。具体是哪两种，我说不清楚，只觉得鸟飞过一棵树，就像叶子离开一样。我举起手机，把树和飞鸟关在了一起。这样，飞翔的叶子就不用奔波，而孤独的树也不用再苦苦等候。

我的手机相册里，装着多少棵树，就装着多少的喜怒哀乐和孤独，它们来自这些树，也不仅仅来自这些树。

树，或者表演者

对于一棵树来说，和人群相处得久了，就有了人的德性。

比如，它给鸟雀留下筑巢的地方，就像老人给儿孙安排好未来一样。再比如，它给一个失意的人以阴凉，安抚它失落的心情。

我持续观察过我所在的单位门口那棵槐树，大概有三年多的时间，我透过窗户看着它，看得久了，才发现，树有仿生功能，它竟然像一个人一样在表演。

树作为表演者的特征之一，就是随着季节的变换而变换，虽然不像川剧变脸那么迅疾，但也很具有观赏性：春天，它会空手变活物，在青色的树枝上变出嫩绿的叶子；夏天，它用一树的绿把自己藏起来；秋天，它又是一头黄发，似叛逆，似垂垂老矣；冬天，它就成了一贫如洗的流浪汉，干瘦如柴。

表演者往往以谦逊或者桀骜不驯的形象示人，这棵树亦如此。它在空中分成两叉，靠近街道的，谦逊，经常把枝丫伸到地上，大半部分树干呈弯曲状；靠近院墙的，一副高高在上的表情，从来也不俯视一下身下之物。这是一棵双相情感障碍的树。

表演者有累的时候，一棵树也是。突然有一天，它呈现出枯黄的样子，干瘦，孤寂，我以为它要彻底休息了，再也不用取悦阳光和风雨，取悦鸟雀和行人，这一回它只为自己活。结果很快，它身上挂起了输液包，一根针头插进它的身体，第二年的春天，它又绿了。

它用一次死，换来了鸟雀和行人的注意，也换来了一次活。

虚拟的树

去一家特色餐厅吃饭，一进门恍然感觉走进了果

115

园。还想着果然是特色餐厅，竟把果树种在楼房里。靠近才看清楚，它们只有果树的样子，却并非真的果树，不过是做工逼真的虚拟之树罢了，但是逼真到让人忍不住要凑过去闻闻味道，摸摸质感。

上网一查，才知道这是一种水泥直塑假树，利用了钢筋水泥的可塑性和硬化特性，用焊接和手工塑造的方法制作而成。它的树干和树枝的形状接近树，但是内里并没有年轮，没有叶绿素，也无法进行光合作用。为了让虚拟的树显得像真的，树枝上安置了一只鸟。光落在上面，却像照妖镜一样让它露出原形。

出于装点的需要，人们做一些假植物，放置在路边、酒店、餐厅里。身在其中时间久了，恍惚之间感觉它是真的，而身边那些摇曳的，茂盛的，随着四季生长的树，则像是假树。这时候，看假树觉得比真树还真，看见真树反而觉得假。

其实，我并不反感用假树做装饰，毕竟，城市里很多东西真的很像假的，但是总觉得，如果这些假树代替真树"活"在世上，那该是一件多么可怕的事情。

假设这些假树长在塞纳河上，那么，法国印象派大师莫奈的油画《塞纳河上的秋天》里，就不会有婆娑的树影。那些非连贯的、细碎的、痕迹明显的笔触和技法，将会被呆板的、僵硬的、毫无生气的塑料片所代替。

如果瑞士的亚历山大·列克德克生活在一棵塑料橡树之下，那么，他创作出来的油画《狂风中的橡树》，还会有苍黄的天幕上流涌着卷卷浓云，风吹伏野草，把洼地的积叶、尘土向四野抛撒的豪情吗？

好在没有假如，只有假树。

其实假树盛行，并不是假树的错，它们也是一种需要，一种人的思想的外在表现。假树带上了人的气息。人总是把很多东西作为自己假想的敌人，假树也有假想敌，分别是：行驶中的汽车、走路的行人、吹过来的风，以及鲁莽的飞鸟。它总觉得那四个轮子前行的方向是自己，总觉得那人走着走着就会跌倒到它身上，总觉得风会把自己精致的叶子吹落，总觉得飞鸟会用乱糟糟的巢破坏自己的美感。

这些都是我的假象而已，一般情况下，树都是以沉默作为一种表达，假树应该也是如此吧？它假得久了，会不会做真树的梦，有风吹过来，会不会也想让那些僵硬的叶子摇摆，发出唰唰的轻微碰撞声；会不会也想把根扎进脚下的泥土里，让根须吸收水分、营养；会不会也想长出一层层的年轮，把自己看到的事情和感受到的风雨记录在身体里？

我的追问没有答案。诗人说，答案在风中。但是风吹过来，路边的行道树集体歌唱，婆婆娑娑，而那些虚拟之树却纹丝不动，似乎有很重的心思。

意象之树

在作家们笔下，树作为一种意象出现，可谓内涵丰富。它代表过故乡和童年，也代表过不舍和离别，这是乡下或者边塞的树身上具有的意义，而城里的树，需要重新被定义。

在城市里，一棵树就是一张区域地图，它清晰地记录着节气、雨水、人群以及其他因素对一个地区的影响。树冠是空气接收器，每一片叶子都有独特的收集方式，它们还发动了鸟雀，帮助收集更远处的信息，以做对比。树干用身体作为引导，让啄木鸟和藏在树皮褶皱中的虫子传递信息。树根则像间谍一样，深入大地，触角所到之处，信息一网打尽。

所有树收集的信息集合在一起，就能拼出整个区域的所有信息，时间长了，树便成了城市的一部分。从美观到影响城市环境变化，它们的位置变得越来越重要——假如把树和别的草木从城市里抽走，居住在其中的人们，将会失去对季节的判断。在由空调控制的环境中，人们将没有四季的概念，一年三百六十五天，每一天也将不再有区别。

是树和其他植物的生发、开花和结果，给人以指引，以愉悦，有一些还培养出了人们的审美。而作为意象的树，有些意象是自然赋予的，有些则是人为改变的。

最近一段时间，楼下的街道突然变亮了。原来是有人在树上缠上LED灯，一到晚上，两排树就被点亮，整条街道随之也被点亮。我看着这些发光的树，突然有些吃不准这个意象所传递的信息，只觉得这些树白天装点城市，到了晚上还得继续装点，跟那些持续加班的程序员很像。草木和人在这一刻完成了意象的统一。

某种意义上说，生活在城市里的树和人确实是一样的，一样被某些东西所禁锢，一样被某些东西所主宰，一样被某些东西所改变。不一样的是，人对树是陌生的，树却知道人的处境。

它们见过早上一手提着早餐一手提着公文包赶公交车的小伙子脸上焦急的表情，见过快递小哥风驰电掣般和时间赛跑的窘迫，见过半夜应酬的人喝得酩酊大醉抱着树吐个不停的狼狈，见过车祸、打架……它们跟监控一样记录着城市的人和生活。

在我们最初的印象中，树其实并不用分成乡下的树和城里的树，它们统称为树，它们按照植物的方式生存，但是，乡下的树在被遗留在乡下之后，便成了进城者的乡愁。而城市里的树，在被管理之后，成为城市的一部分。这时候，树就有了城里的和乡下的之分。

现在，乡下的树也有了城里的树的品质。在人越来越少的村庄里，它们把自己站立成最后的风景，人们不再用它做家具、柴火，它们是村庄完整不可分割的部分。而城市里的树，最后也变成了城市里孩子的城愁。

一次小作家培训课上，布置了一篇写植物的作文，很多孩子围绕着自己家的绿萝、仙人掌、多肉等绿植展开了描写，只有一个女孩子写到了她家门前的一棵树。

在这里，我想把这篇名为《我家门前那棵树》的作文全文录入如下：

我家门前的那棵树像孙悟空一样会七十二变。

春天，叶子青绿青绿的，还没有开花。慢慢地，那些已经开花的哥哥姐姐们，开始叫那些还没有开花的弟弟妹妹们，只听见：快醒醒，快醒醒，春天来了，春天来了。

夏天，那些还没有开花的弟弟妹妹们仿佛已经听见了哥哥姐姐们的呼叫声，慢慢地从梦中醒来。夏天是炎热的季节，叶子们整天没精打采的，就想在家睡觉。

秋天，天气也慢慢地变凉了，那些小的叶子也慢慢变黄了。

冬天，那些叶子从黄色的变成了枯萎的，那棵树也没有像以前那样热闹了，只剩下树枝孤零零地站在那儿，不过树上又增加了好多白色的雪花。

我们家门前那棵树，不管怎么变化，都逃不过我的火眼金睛。我已经把它在四季中的不同样子，牢牢记在心中。

看得出来，这棵树给孩子留下了不错的影响，除了成就这篇作文之外，我相信多年以后，这棵树还将指引着她回到童年，回到这棵树下。这棵树就是她的城愁，和乡下的那些树是我的乡愁一模一样。

虚构的树

应该是受生物进化的影响，人对树有着天然的亲近感，"在树上是安全的"成了留在身体里的基因记忆。于是，天才的卡尔维诺就让柯西莫男爵住在了树上。

我们每个人都应该拥有一棵虚构的树，这棵树，按照我们想要的样子生长，可以长在崖边，也可以长在空中，春天的时候，风吹过来，树想绿就绿，不想绿就算了。夏天的时候，也不需要为没有叶子而懊恼，更不用自卑，因为所有的树都按照主人想要的方式生长，不再有千篇一律的规则和限制，不再因为形状、颜色、大小，以及是否开花结果而有任何情绪。

其实，如果我更大胆地设想的话，连城市应该都是乡村虚构出来的。村庄在大地上待得太久了，于是就在自己的基础上，虚构了楼房，虚构了街道，虚构了规则，虚构了属于城市里的一切。这跟神话传说中女娲造人一样。可惜，乡村虚构城市的时候，忘了给植物分区，稀里糊涂就让它们和建筑在一起，接受城市的规则和管理，于是，城里的树就和建筑一样，中规中矩。

当树变成街道和建筑的构成部分时，就需要一棵虚构的树，用以干一些不一样的事，比如乘凉、荡秋千、看花开花落。

我曾经梦见自己闯入了一座只有树的城市，人们住在树上，动物们也住在树上，树根和树冠像网一样，把我包裹在中央，我去过的所有的地方都长得同一个模样，我说出去的每一句话，都能被传到很远的地方。其实，我也是一棵树，是众多树的其中一棵，但是神奇的是，我可以自己走动，甚至只要我愿意，我都可以飞翔。于是，我一会儿走，一会儿飞，丝毫感觉不到疲惫。

我是一棵树，或者我是以一棵树的视角在梦里穿行，这感觉简直美极了。

可是，当梦醒来的时候，所有的细节却都消失了，就像这个梦不存在一样，或者说，就像我自己虚构了这个梦。翻开《梦的解析》，却没有找到关于树或者森林的信息。

醒着的我，就像还在那个梦里，我解释不清楚，我到底梦见了什么？也解释不清楚我到底是不是一棵树。我只知道，每个人都需要一棵树，需要一棵按照自己意愿生长的树，或者说，每个人都想变成一棵自己想变成的树——一棵虚构的树。

杂草：城市的流寇

一

在城市宏大的叙事面前，杂草毫无意义，即便是它们很努力地顶破了水泥而坚强地活着，却从来不会接收到任何的关注，甚至还要担心随时会被连根拔起。这是一株杂草作为流寇的命运。

这些是我开车经过这座城市的地标性建筑凤凰碑时，看到几株长在台阶上的杂草，脑子里突然冒出来的句子。我不知道这些文字是出于什么目的，它们被我遇到是否具有某种暗示，而接下来的日子，这句话不断地完善着，似乎陷入某种循环。

为了验证它的合理性，我开始有意识地寻找这座城市里的杂草。于是，在不同的区域，我分别遇到了蓟、荨麻、狗尾巴草和看麦娘等常见于乡下的植物。在城区，它们以单株的形式，生长在犄角旮旯或者背街小巷，甚至长在残破的墙体之上。而在河流和废弃的铁轨周围，杂草们像住在城中村的小商贩一样，试探性地活着。它们像一个又一个从乡下进入城市的个体，凭借一己之力，扎根、生长直至死亡。

　　蓟是在工业区的一条老旧巷子里遇到的。巷子两边是低矮的平房，部分空置，有人的几间被用来当作简易超市和彩票屋，许久都没有人走进去。不被打扰的巷子，刚好持久地因保持了寂静而破败。蓟就在巷子的一处漏着水的管道下方躲着，我经过的时候，跨步走过一摊水，踮脚绕到相对干燥的地方时看到了它。我停下来回头看我走过的这段巷子，尘土裸露在破碎的沥青之中，斑驳的墙面上，到处是白色的砖的老年斑。这里本来毫无生机，一株蓟，一株独独地生长在一汪水旁边的蓟，像旱海里的鱼一样，它粉色的花朵，点亮了土

127

黄色的巷子，而那些带刺的叶片，不断地划破风，让巷子有了季节的纹路。

荨麻是在一座新建的停车场里偶遇的。我当时穿着短裤，因为着急赶路，就没留意脚下，踩过一片杂草的时候，有那么一瞬间，腿部就像中箭一般疼，随后便是一阵难忍的痒。我低头看时，才发现是再熟悉不过的荨麻。疼痛的缘故，我已经来不及细想，荨麻是用这样的方式和我打招呼，还是将我当成要采摘它的敌人？唯一确定的，是左腿外侧的一片红肿，以及疼痛和瘙痒。荨麻的厉害我在乡下的时候领教过，也知道疼痛和瘙痒只是暂时的，于是忍痛赶自己要赶的路。走着走着就觉得奇怪，同样是来自乡下，荨麻为何要给我以疼痛和瘙痒？它不光让我重温了童年的某一段短暂经历，还用茎叶上细小的尖刺告诉我，整个城市并不像看上去那么温和。我是个心眼比较小的人，在这件事过去一段时间之后的一次饭局上，我再一次遇到了荨麻，它被作为一道绿菜，等着被滚烫的水煮成口感适中的食物。这一次，我终于报了仇。

我是在一片被废弃的工厂里看到那片狗尾巴草的，它们无辜地站在一起，像极了当年犯错误被老师罚站的少年。工厂空旷的院落里，没有风，它们纹丝不动，四面的围墙知道它们内心的落寞。我远远地看着它们，像父母看着孩子，或者说老乡看着老乡。这些原本生活在乡下的植物，唐突地出现在工厂里，跟出现在山坡或者湿地上的表情完全不一样。此刻，在腐朽的铁器和从内部开始溃退的工厂里，它们的植物属性弱得微乎其微，而象征意义则随着我的注视逐渐加强。这些跋山涉水从乡下赶来的孩子，跟曾经水一样在工厂里流动的人群一样，暗自成长过，暗自繁盛过，最后暗自凋谢，完成简单的一生。现在，工厂空空荡荡，狗尾巴草用孱弱的身体试图填满它。它们还怀揣着当时的野心，你看，有风吹过来，它们就使劲摇摆着身体，让整个场院变得丰满起来。微风吹拂下，它们整齐地飘动，让废弃工厂的颓废看上去并没有那么沉重。

　　看麦娘一直生活在我的眼皮子底下。我所在的单位办公楼，有一个长长的斜梯，我们叫它大踏步。大踏步中间是一个花坛，两侧是楼梯，花坛里经常换一些时兴的植物。有一次，我蹲在大踏步的阶梯上接电话，一低头就发现了熟悉的身影——一株看麦娘正在阳光下看着我。这是我熟悉的植物，在乡下，它有美好的名字，有修长的身姿，只要它不长在麦田里，从来没人去惊动它。看麦娘看着麦子生长，看着村庄经历着日升日落，可什么时候它也进城了，还悄悄地出现在我身边。挂了电话，我仔细地观察了它，并郑重其事地给它拍了一张照片，发了个微信朋友圈，文案是这样的：看麦娘是这世上最像娘的植物，它一直偷偷看着你，不管你开心还是悲伤，忙碌还是闲适，都默不作声。其实，我乡下的很多母亲就是这样，从来都不说爱，不说想念，但心里装着所有的孩子。

二

一条典农河，从南到北贯穿了这座城市，并留下大面积的野地，是不是所有河流都一个德行，垂青过河

130

床两边的所有植物之后，扔下它们，像个多情又无情的浪子头也不回地奔流而去。

我常去的河段，大规模的杂草霸占着野地。园丁们种植的观赏植物马鞭草，细长结实的茎上，淡紫色的花朵火焰一样燃烧着，它们和三红紫薇、粉萼鼠尾草一起，在河的两岸留下关于浪子的故事。如果仔细对比的话，你会发现，园丁们按照自己的想法排列的绿色植物们，和这野性和柔软兼备的河流显得并不匹配，甚至还缺少了美感。河两岸的车前草、毛茛、三色堇和虞美人们，像城中村的乡下人，小心谨慎地享受着这里的开阔与生机，无形中也重新定义了河岸，让你觉得它们才是河岸的主角。

在整齐的植物面前，这些物种显得来历不明。它们的种子，可能是从附近的农田里被裤卷、鞋底带来的，也可能是不断被移动的泥土携卷而来，还有可能是顺着河流而下被细小的浪花拍打到岸边的。当然，也可能有一些叛逆的种子，在成熟之前离家出走，然后就唐突地落地生根。不过，它们的来历已经不重要了，重要的是，它们让典农河有了野性的美学意义。

在秋天的时候，经常能遇到一些单株的野菊花。不过我去的时候，它们已经从内部开始衰老，花瓣的边缘有些枯萎、卷曲，纯白的花瓣已经带上棕锈色的斑点。也有彻底枯死的，褐色叶子贴在地面上。它们在无人瞩目的地方，暗自荒芜，完成了一次生死轮回。

我住在离典农河不远的街区，这里以前是农田，是作物和杂草的天下，也是这座城市的乡下，有一条铁路穿城而过，据说这里出现建筑群之后，就再也没有火车经过这段铁轨，因此，有很大一部分铁轨因为长期不摩擦而生锈，杂草和碎石也趁机出现，让这一片区域变得荒芜、杂乱，经常有流浪狗在铁轨上练习排队和前进，它们是让这匍匐于大地的铁的巨兽显得生动的唯一物体。

等不来火车，铁轨萎靡不振，而苍耳和苔藓开始暗中较劲，一个不时朝地上发射刺球，一个默不作声扩张着地盘。两种分别具有攻击性和扩张力的杂草，让静寂的铁道有了故事——正如曾经驶过铁轨的火车上一样。可是，我的想象力太弱了，没办法替它们杜撰，只觉得是杂草掩盖了铁轨的寂寞和绝望，掩盖了城市被轨道划分出来的界限，掩盖了沥青、碎石、水泥路，让城市的部分区域回到最初的样子。

城市管理者对此充耳不闻，他们既没有拆掉铁轨的打算，也没有清除杂草的计划。杂草和城市管理者达成了和解。其实，废弃的铁轨，闲置的工厂和被遗弃的住宅，被杂草占领，完全可以看作是一种隐喻，或者是一个教训，人们对新事物或者说事物的新状态的追求，让杂草有机会重新出现的旧的区域，人们随意丢掉的城市区域，重新回到了草的手里。

在开头那句话的引导之下，我和这城市里越来越多的杂草相遇。从个体到群体，持久地观察它们之后，就觉得它们身上流寇的形象竟然是如此明显。它们和山坡、绿化带、公园里的草形成鲜明对比，同样是植物，甚至来自同一个区域，现在，有用的草在明处，杂草在暗处。它们小心地躲藏着城市管理者的目光，小心地打量着高楼大厦的变化。它们窥探着，等待着，战战兢兢地过完一生。

可能是受《水浒传》的影响，我一直相信，被认定为"寇"的群体是有故事有情感的群体。所以，我蹲在路边拍过挤出砖缝的独株马齿苋，感受过紫花苜蓿在街边的落寞和谨慎，也对小径上被踩成泥浆的蒲公英表示过哀悼。而见到的杂草越多，就越觉得《杂草的故事》说得对：杂草和别的生物一样，也会忍受压力、经历衰亡。

当然，更多的时候，它们身上所发生的这一切，都不曾被人目睹，因此不管是压力还是衰亡，抑或是诗意浪漫，都只有杂草自己知道。其实，杂草也可以表现出一种特别的优雅——这种品质，文学艺术作品将其称之为高贵。

是的，杂草也有高贵之处，并且远比修剪一致的景观植物要更具野性和气质。

三

对杂草的容忍，有时候能看出一个人对于自然的理解和接纳。

不过，杂草的位置会影响理解的效果：出现在街边、公园，你会觉得它带着美感，毕竟和整齐的街边植物相比，它更具有自然的属性；而出现在路中间或者小区里，可能会招致不满，甚至可能被视为对规则存在冒犯。

人们习惯性将杂草称为入侵者，但准确来说，很大一部分杂草原本就是坚硬的城市之下那片土地上的原住民。它们一开始就住在这里，田野消失，泥土隐匿，钢筋和砖块的建筑拔地而起，沥青和水泥彻底封印大地。但将种子留在原地的它们，依然按照节令钻出了土地，只不过，原住地已经不再是田野，因此，它们的出现显得有些唐突。

在植物学家眼里，大自然并没有杂草，每一株草都有研究价值和审美意义。而在城市管理者的清单中，草却有了三六九等，被种植的、被围起来的、被修剪的、被特殊照顾的，是有用的草；不在此列的，理所当然被划定为杂草。如此一来，杂草就成为异类。它们无法选择出生地，一出生就进入错误的地点。它们并不是有毒或长得丑陋，只是在错误的地方还拼命生长，试图让此地成为自己的地方。

原住民杂草横冲直撞，要证明自己的出身。它们从不选择生存的区域，也忽略了城市内部严格的界限，哪怕是台阶的缝隙，或者有裂缝的柏油马路中间，都能看到它们曾作为本地人的蛮横。

从乡下进入城市的杂草，跟进了城的乡下人很像，敏感，且具有攻击性。闯入城市的杂草，大多独居，不会贸然在墙体和公路上生根。它们领教过车轮和割草机的威力，只能出现在一些不起眼的地方，然后苟且偷生，而一旦遇到清理，就一副落草为寇的样子，开始发起抵抗。

而群居的杂草们，似乎已经熟悉了城市管理者的脾气，并接受了被嫌弃的现状，因此大部分只待在城市的边缘地带——河岸边或者草地的边缘。也有混进草坪里去的，每次割草机都会削去它们突出的部分，这样它们就以草坪的样子存在着，或匍匐，或小心翼翼，一旦超过草坪的高度，就到了连根拔起的时日。

在城市里，作为侵入者和流寇，杂草表现出的是敌意。从外观上看，它们长相独特，不是周身长满刺或钉，就是用缺口、缝隙、斑点、瑕疵来表明身份，有一些甚至用到了毒液。这个群体里，荨麻草看上去人畜无害，但是一旦靠近，就会被蜇得鼻青脸肿，它在杂草界坐稳了不好惹的位置，即便是一株也能活出一支队伍的感觉。

突然冒出来的草类，在常年被树荫遮蔽的区域里，几乎没有竞争者，要不然怎能有出生的机会？与本地草类相比，杂草们有一个优势，它们已经适应了野外的生存环境，不管环境如何恶劣，已经有一套属于自己的生存机制。它们能适应食草动物带来的压力，牛羊啃得越多它们就越旺盛，也能适应干旱或者过度湿润的新环境。它们一旦落地生根，就会不断伸展、扩张，表面上看只有单株在艰难成长，实际上土地内部已经茂密异常。

我曾经思考过杂草的来历问题。记录在当地志书上的草，被我理所当然地认定为此地的原住民，其他的可能是跨地域和省区的，索性叫它们草的移民。这些草在别人眼里就成了杂草，因为它们根不正苗不好，甚至长相可疑。有些杂草是跟着进城的农民和农民工落地生根的，他们喜欢大包小包地将乡下的物品搬进城里，杂草种子就藏在他们的衣袖里、包裹里以及布鞋鞋底乘虚而入，反正落户城市是不需要被准许的。

搜索才发现，杂草迁徙竟然是一个世界性的话题。十九世纪的美国植物学家阿萨·格雷就把美国杂草认定为"谦逊的、喜居山林的隐居者，跟那些具有侵略性的、自命不凡的、专横的外来者可没法比"。她将美国人的性格和美国杂草的性格做出的对比有趣而深刻，给了我很多启发。但是因为观察力和分析力的薄弱，我始终没能从我身边的杂草身上提取到本地人的性格信息。

杂草们最羡慕草坪，而草坪对杂草却保持着警惕。草坪，作为城市里专门空出来的以供人们接近自然的一小片旷野，绿意盎然，接近自然；它被定期修剪、维护，以保持得体的外形从而吸引人们的关注。虽然草坪不需要围栏，却挂着禁止入内的警示牌，草坪和杂草之间，有一道鸿沟。正因为如此，杂草也想成为草坪的一分子，这样就可以不用担惊受怕，可草坪寸土不让。

其实，和人工草坪相比，杂草更适合成为这座城市的一部分。它们耐旱，不需要持久的浇灌，能有效减少城市绿地用水；它们坚强，杂草的根粗而长，在土壤中分布得又深又广，杂草生长的土壤承接雨水的能力远胜于人工草坪。城市的管理者们似乎已经发现了这一点，所以，杂草草坪也开始慢慢出现并可能成为一种潮流。

一段时间，所在城市开始建设各种小微公园，意图让人们走出小区就能跟自然接近。面积不大的公园里，草坪是必不可少的，于是杂草作为园艺植物被引入。城市管理者们想推崇自然风格的种植方式以保障杂草的传播，这时候，杂草有机会被名正言顺地作为城市景观之一，供人参观。

杂草与栽培植物之间的界限，开始变得模糊，这也无限接近自然规律——本没有杂草——植物被允许在不同的区域来回穿梭，身体可以，身份一样可以。其实，草在草的世界里，只有不同形态的身体，并没有身份差别。这一点，和人一模一样。

四

十八世纪的"自然神学"派，将杂草的用处分为两种：第一种是展现自然作为植物设计师的智慧与审慎；第二种则是对人类的傲慢自大施以有益的惩戒。三个世纪之后，这个说法依然能代表很多人的观点，我更加倾向于第一种，但整座城市似乎选择了第二种，并以此作为对杂草的处理依据。

对于像我一样在城市里不曾拥有小花园和农田的普罗大众，街边的所有植物都是有意义的，它们都能让人心情愉悦。我也更愿意将杂草视作城市难得的景致，它们的存在，让城市保持了土地的野性，让城市变得柔软，让人经由一片野草的叶子或者一朵野花的花瓣而感受到诗意。如果你有充足的时间和精力，在清晨或者傍晚，借助阳光观察一株杂草，就能有意外收获。这一切是建筑所无法带来的，虽然你根本不在乎。

在少数人眼里，杂草是一种麻烦，这些人就是园丁。在他们看来，杂草约等于工作没有做到位。而在拥有花园的人眼里，杂草让自己精心设计、栽培的花园变得不伦不类，必须除之而后快。于是，各种除草的方法就随之而出。

城市里的人们为了清除杂草，可谓花样百出。我试着总结了一下，大致可分为两种：一种是官方有计划有目的的大而化之，一种是民间的斩草除根。

官方和民间都在使用的除草剂，从二十世纪四十年代就开始对杂草斩草除根。化学性除草剂的成功，让杂草在一段时间内变得稀少，但是人们也发现了除草剂对土地的污染，在除草和收获放心蔬菜之间，人们还是选择了后者。另一个棘手的问题是，当人们对杂草使用了除草剂之后，杂草竟然变得更加强大，它们的身体像注射了疫苗一样。因此，除草剂开始销声匿迹，取而代之的是割草机。

很多个早晨，睡梦都会被割草机的轰鸣打扰。对于贪恋周末片刻酣睡的人来说，割草机作业简直是一场灾难；而对于杂草来说，每一次轰鸣相当于一次大型的围剿。在草坪这个战场上，武器所发出来的，是那种不连贯的轰鸣，发动机隔几秒停顿一次似乎在积蓄力量，然后一头扎进杂乱无章的草丛。不一会儿，空气中弥漫起青草的味道，被塑料齿轮划过之后，草们变得平整均匀，被切断的草们，尸横遍野，听不到一声尖叫。而躲在其中的杂草，更是不敢吱声，生怕被发现之后，被连根拔起。

当然，割草机也经常误伤，不是把幼小的树苗切断，就是让准备绽放的玫瑰早夭。英国诗人菲利普·拉金就记录过一次误伤：

割草机熄火了，两次；跪下来，我发现

一只刺猬被卡在了刀刃上，

死了。它待在长长的草里。

从前我见过它，甚至还给它喂过食，一次。

现在我却伤害了它悄无声息的世界，

无法弥补。埋葬也无济于事；

第二天早上我起床，而它却不见了。

死后的第一天，新的缺席

变成永远的事实；我们早该彼此

当心，早该心怀仁慈

当一切还来得及。

　　这首名为《割草机》的诗歌中，诗人用一只刺猬的死提醒人们"新的缺席变成永远的事实；我们早该彼此当心，早该心怀仁慈当一切还来得及"。可是，没有一台割草机会有仁慈之心。因此，人们对清晨的割草机心怀不满，而杂草们，则对它充满恐惧和绝望。

和园丁们有目的、有节奏的清理相比，民间的清理显得不那么"血腥"，但是却残忍了很多。此处收录一则来自网络的除杂草的方法：

当杂草湿的时候，雨后除草或在花园浇水之前除草，这使土壤湿润，你将能够轻松地拉动这些讨厌的植物的根；永远不要让杂草成熟，除非它会修复它的根并溢出它的种子，用根球拉起植物；简单省力的除草技巧是用塑料、地毯或垫子覆盖杂草两到四周，如果是黑色则要好得多。这将会让植物死于黑暗（没有太阳）或热量；很难掐出在路面和人行道的裂缝生长的杂草时可以用沸水；由于杂草的种子在花园土壤下仍然处于休眠状态，所以当你挖掘一个斑点时要小心，不要过度推翻你的土壤。

总结出这些方法的人，一定是对杂草恨之入骨的，他找到了杂草的弱点和优点，在经过多少次实验之后，才得出了能斩草除根的方法，足以见得杂草给他的生活带来了多少麻烦。

我还搜索到一种"煮豆燃萁"式的除草方法。在乡下，鸭子吃杂草，土豆和杂草一起走过春天。但是进了城，腌制鸭蛋的盐水，就成了除杂草的妙方，三四次即可遏止杂草的生长；煮土豆的水，也可除去杂草。咸鸭蛋和煮土豆的水都用在了除杂草上，人们对除草的决心，可见一斑。

不论是被放弃的化学物质，还是常用的机械除草，抑或是流传于网络的民间方式，人们对杂草所表现出来的，更多的是粗暴的攻击，而很少有人停下来思考它们的意义。因此，杂草被理所当然地视为入侵者，不管它是否具有什么意义，它的存在是无法接受的，它的生长对于城市来说是粗鲁。和仇视杂草的人相比，漠视杂草的人更让人失望，它们的漠不关心，也是造成野草被误会的原因。

这都是我臆想出来的。其实，对于这一切，杂草早已经习惯，并默默接受。它们知道一切，却并不打算有所悔改，因为它们觉得自己没错。它们总会在铁轨生锈的荒野行使自己的修复能力，让我们的城市不至于破败。但是当它们形成规模，人们能联想到的词语，往往是荒芜、杂乱，似乎只有经过整顿的画面，才是合理的。

我对草是有感情的，不管是人们眼里有用的草还是被嫌弃的杂草，只要在不匆忙的时间遇到，总会引起我的好奇心。这或许源自我的乡下的生活经验，我总希望能找到与杂草相处的方法。

转换角度，对杂草的作用和意义进行"重构"，或许是一个机会。

在乡下的时候，我们家的土豆地里经常会有冰草之类的杂草长出来，有一些甚至还穿过了土豆，导致其从内部坏死。对杂草恨之入骨的祖父却并不着急去处理它们，而是任其生长。等土豆成熟，我们拔掉的土豆蔓堆了一地时，冰草就派上了用场。它们被祖父一把揪出地面，然后打成结，我一直记得，被冰草紧紧捆扎的土豆蔓非常便于运输。

典农河的园丁对杂草的包容，跟祖父如出一辙。在马鞭草、三红紫薇和粉萼鼠尾草的边缘，车前草、毛茛、三色堇、虞美人的生长，提升了河岸的美感，这是城市规划者未曾想到的效果，河岸在杂草和良草的双重点缀之下，无限接近了自然。

人们对杂草的偏见仍在继续着。和汹涌的斩草除根同步的，是新晋的杂草不断出现。城市在变老的过程中被人们嫌弃，大家一股脑儿朝着新城搬迁，老旧小区日益增多。那些曾被视为珍宝的花园开始荒芜，留在花园里的良草，变成了无人料理的杂草。它们凶猛地扩张着，仿佛在报复主人之前的养护。

新旧杂草开始攀上墙壁，钻进墙中，让原本整洁利落的四方形菜畦变成了立体派画作般的五颜六色、七零八落。疏于管理的草坪，也变成了可怕的杂草聚居地，大群杂草试探性地向周边的土地和道路入侵。

不过，一切都是短暂的，在经过抛弃和重新设计之后，变老的城区成为建筑工地，巨大的轰鸣声中，一座新的城市正在脱胎而出。而此时，杂草们的种子已经悄然混迹于湿润的泥土里，它们寂静无声，等待着新的机会，以此来证明自己的生生不息。

动物：街头艺术家

鸡：闯入者

一只母鸡突然出现在了中午的街头。

原本，它并不是稀奇的事物，或者说，一只母鸡出现在任何地方，都不至于成为谈资。此刻一群人却正围着它，半个街道也因它而堵塞，一只母鸡成了一群人的焦点。

城市的规划和人们生活习惯的转变，已经许久不给一只鸡预留位置了。人和鸡的关系，要么以乡愁的形式寄存在脑海里，要么以食材的形式保留在餐桌上。更何况永康巷和湖滨街交会的这片区域，东西两侧是学校和老旧小区，没有餐厅，也不挨着谁家的厨房，环顾四周更是找不到鸡圈的痕迹，因此，这只母鸡的出现就多少显得突兀。

它先是引起了一群孩子的注意。他们大呼小叫，他们表情夸张，他们用刚从黑板上离开的眼睛盯着这只肥硕的母鸡。原本没几个人的街头，一下子被学生们占满，他们对一只母鸡的围观，让平淡的中午变得有故事性。

不断有从学校出来的学生加入围观，不断有路过的人加入围观，一个以母鸡为圆心的圆圈就形成了。母鸡被好奇的目光锁定，被叽叽喳喳的声音锁定，它哪里见过这样的阵势，也不知即将面对的是什么样的情形，只能原地呆站着，任由目光和语言处置。

在此之前，它大摇大摆地在街道上溜达着，根据一只鸡有限的见识，它是不敢去车行道的，它也知道呼啸而过的车轮对它来说意味着什么。它只在人行道上踱步，仔细观察的话，能看出一种闲庭信步的感觉，一个退休者背着手走过熟悉的巷子可不就是这样的神情吗！

还有一种可能，它是在故作镇定。突然就出现在一条陌生的街道上，它对于这里的一切完全没有把握，眼前既不是荒草丛生的田野，也没有挡住去路的栅栏，毫无遮拦的人行道上，它不知道如何是好，为了不让人看出它的慌张，强装镇定。

　　好奇的学生们开始对它的来历展开猜测，根据动画片，以及少得可怜的乡村经验的影响，他们判定，这是一只刚刚从鸡贩子手里或者从厨师手里逃逸的母鸡。也有想象力丰富的学生，推断它是从古代或者偏远乡村穿越而来的。

　　学生们七嘴八舌，还没有得出一个统一的结论，就被赶过来的学校保安驱散。孩子们和路人组成的圆形瞬间散开，街道上只留下一只母鸡，它回到了学生放学之前的状态。

　　这时候，它显得轻松了许多。趁着学生散去的间隙，我接着他们的思路继续猜测这只母鸡的信息。我尽量不参考他们的答案，从它的体形、形态以及走路的姿势做一个判断——

我盯着它，从它整齐的羽毛来看，这只母鸡应该是在笼子或者围栏、屋檐的庇护下生活的。它羽毛整齐有光泽，看不出任何杂乱的痕迹，这一点也可以印证出它出现在街道的过程并不曲折，或者说没有遇到阻拦。仔细看就能看出来，它走得从容，一边走一边确认，不像逃逸者那样慌不择路，也不像离家出走者那样落魄无助。

我盯着它，拿出手机准备把它拍下来，想通过静态的照片找到更多的信息。但是它明显地烦躁起来了，它对我的长期凝视表达出不满，它向我走来，充满敌意。我把它圈在取景框里，本来想拍出一张街道上的一只母鸡复杂表情的照片，结果很明显，它不配合，还有要冲过来的意思。我蹲下身，快速地摁下拍照键，就这样，它冲我而来的神态就被固定下来了，它的敌意却还在继续。

它径直朝我冲了过来，到跟前的时候，原本的烦躁明显有所减弱，我以为它是要攻击我的，结果它的喙并没有啄在我的腿上，而是落在了我的鞋子上。很轻地落下，有一种讨好的感觉。看得出来，它还没办法判断我是敌是友，不敢贸然攻击我，它不知道我会以什么样的方式回击。或者，它跟养殖它的人一样，有着一副好脾气，面对陌生人的凝视，它展示了一只母鸡应该有的表情，而在接触我的瞬间，又展示了自己的好脾气。谁又能知道呢？

现在，唯一能做出判断的是，这只母鸡是这条街的闯入者。它出现在了不应该出现的地方，或者说它的出现，让街道的某一个区域有了骚动，有了与往日不一样的场景。

一只母鸡，最合理的出现地应该是鸡圈，在那里它可以不用担心车轮和人流，它有它最舒服的表达；也可能是超市柜台或者餐厅的案板纸上。是的，一只母鸡，如果出现在肯德基的餐盘里，出现在辣子鸡丁的食材中，出现在黄焖鸡米饭的菜单上，它就是合理的，并且能带给人大快朵颐的快感。此刻，它出现在了街道上，它夹紧的屁股，它迟疑的双爪，它盲目的眼神，不断让一个闯入者的形象饱满起来。

有那么一会儿，我观察着这只母鸡，这只母鸡机警地观察着我。就这样，我们四目相对，我不知道母鸡此刻想起来什么，或者说有没有什么想对我说的，但是我却失语了，满脑子只有它的来历、猜测、无措、好奇，以及成分复杂的眼神。

看着它的某个瞬间，我也想到了自己。同样作为城市的闯入者，我被城市、生活、工作和家庭四堵墙死死堵住，我跟一只出现在街头被围观的母鸡有着一样的境遇。这个时候，原本陌生的一只鸡和一个人之间，就有了情感上的共鸣，短暂而又深刻。

可是，过路的人，对于这一切毫无兴趣。他们走得急切；他们的表情被口罩遮住一半，根本没办法揣摩；他们日复一日地用这样的眼神和步伐让一条街道变得更像一条街道；他们比一只来路不明的母鸡更神秘。而在我眼里，他们和我一样，都是被乡愁牵扯的路人，他们心里装着一只母鸡。此刻，他们跟这只母鸡一样，闯入我的视线，也将快速消失在我的视线中。他们来去匆匆，他们陌生得如此神秘，消失得如此迅疾。

骡子：表演者

连接城市和乡村的102国道上，一头骡子正在以怪异的步伐前进着。它看上去有些拘谨，还一脸的心事。

一头骡子出现在城市和乡村过渡的地方，往深了想，似乎有一种准确的隐喻感，可是，在目送它的过程中，却怎么也无法将它与城市和乡村关联在起来。

这么说吧，当它作为交通工具出现在柏油马路上的时候，你就觉得，城市和乡村都似乎无法与之匹配，或者说，它的身份既不代表乡村又无法代表城市。在乡下，骡子是重劳力，常见的画面是在田垄之间来回耕作，形象是倔强而孤傲。到了城市，不管骡子的用途如何，大家都会将它当成被围观者。

在我生活的城市里，大型动物有的以食材的形式陈列在橱柜里，有的以宠物的形式被关在笼子里，更多的以被参观者的身份集体住在动物园，鲜有居无定所的流浪者。骡子，这农耕时代的遗腹子，因为体型高大、数量尚多等原因，鲜见被当作宠物圈养的，也暂时没有进入动物园；或许是"驴肉香、马肉臭，打死不吃骡子肉"的说法起了作用，我至今也没见过有售卖骡子肉的。可以说，在这座城市里，骡子以一种特立独行的形式存在着。

如此，它就存在无法归类的尴尬。在城市的规则之中，除了猫和狗这些已经成为宠物的动物之外，其他动物活动的范围是有限的，所扮演的角色也相对固定。生活在动物园里的，它们身上的野性已经被完全抹去，或者说被完全驯化。人们看到它们的时候，更多的是平静，而不再是恐惧。偶然在街上遇见的牲畜，人们要么一脸鄙夷，要么当个稀奇看上一眼，全然不会由本物再延伸到别的地方去。

牲畜们通常以羞涩的状态出现在街头，它们不会贸然吼叫，也不会突然暴躁起来，这里不是它们熟悉的地域，它们要收起野性，收起鲁莽。假如它们突然冲人群吼一声，也只会增加一些围观的乐趣，没有人会将这一声和愤怒或者别的什么意思联系在一起。

久而久之，动物们集体成为了城市里的表演者，它们从出现在橱窗、笼子和动物园时开始，配合着人类；它们收起野性、威严，收起作为动物的习性，按照人的要求，先成为一个表演者，有些身上带着别样特点的，最后成为表演艺术家。

102国道上的这头骡子，在被拖拉机等机械代替了劳动功能之后，毫无疑问地也会朝表演艺术的方向行进。只有这样，它才能确保自己不会很快被卖掉，不会从大地上消失，不会变成橱窗里静态的商品的一部分。

或许它自己也意识到身份认同的尴尬，因此表情忧郁得像个诗人，这是乡下不曾出现的情形。我做了一个对比，在乡下的时候，它的任何行为都显得正常，不管是对着天空发呆，还是站在路边不断地磨着蹄子，动作都是行云流水。它的蹄子不断地在地上摩擦，土路被刨出个坑，然后用一泡尿填满它。走在土路上的时候，它流线型的身体跟大地紧紧地结合在一起，如果停顿，你就会觉得它像一尊雕塑。

而此刻，在102国道上，这头骡子已经离开了它熟悉的土地，正缓缓地走在城市的柏油马路上，它的一侧是呼啸而过的汽车，另一侧是绿化带，它尽量让身子靠绿化带近一些，这样它会安全些。看着这一幕，觉得这头骡子像个街头艺术表演者，用全身心努力地走在柏油路铺就的T台上，它时而拘谨，时而踟蹰不前，赶骡子的人手里的鞭子，是它表演的背景音乐，它们配合得天衣无缝，让一场行走固定成一幅照片，或者一张油画。

它走远之后，突然想起在这座城市遇到的另外两头骡子——

解放东街，一个赶着骡车卖西瓜的菜农，低垂着头，走过夏天的树荫。骡车出现在十字路口前，我就被它奇特的造型吸引。靠近才发现，骡子的下半身和屁股被尼龙袋子包裹着，和我在乡下见过的骡子的造型相比，多少有些前卫。一头骡子，一头和乡下的打扮完全不一样的骡子，紧要的部位被遮挡着，这是对骡子无法生育的一种巧妙隐喻，还是乡下人对城市管理政策的一种无奈应对？这个问题没有答案，我只知道，在城市的禁令面前，这头骡子不敢贸然抬起前蹄，更不敢轻易抬起尾巴。它的主人替它掌握着一切，它只需要听指挥。面对我的手机，这头骡子和它的主人有着同样的羞涩，似乎做了什么错事。我放大了那张照片，仔细看，骡子的眼神清澈，倒映出了我的好奇。

我还在一个正在开发的楼盘见过一头骡子，它背部的鞍子上，一个小孩在工作人员的搀扶下正小心翼翼地感受着骑乘的乐趣。他对身下的动物充满了好奇，对颠簸的骑乘充满了好奇。和他形成鲜明对比的是，从始至终骡子保持着同一个表情，像机器一样配合着演出。这是我见过的最真实，也最蹩脚的演出。这样的表演，在建筑工地上不止一处。我的目光转向远处正在施工的工地，这里，几个男人正在闷头扎着钢筋。即便是他们的样子和这头骡子毫无关联，我还是把他们和它做了对比。这几个男人，在乡下也是倔强的少年，可是到了城市里，却一脸谦卑。他们要在钢筋水泥里抠出一天的伙食，还要抠出一家人一年的收入，他们不敢大声喧哗，他们不敢横穿马路，他们收起乡下的嚣张，他们是建筑工地上的另一些骡子。

国道上的骡子走远了，记忆里的两头骡子也走远了，它们的形象渐渐模糊，但是骡子这个意象在脑海里异常清晰。我开始理解一头骡子，它们把自己变成规则的一部分，或者游戏的一部分，这或许也是生存的一种方式。在一座城市里，我何尝不是一头来自乡下的骡子呢，你如果放大那张有骡子眼睛的照片，就能看到我的脸上，也有着它们一样的心思。

羊群：沉默者

在我每天上班必经的长城路和玉皇阁街交会处，有这样的场景：一排牛羊肉店里，一只又一只的羊，被扒光了皮毛，整齐地悬挂着。它们以倒挂的形式等待着被挑选，弥漫的膻味和街道上的尾气碰撞到一起时，百无聊赖的生意人正在抖音里看一条煽情的视频。

在他们眼里，羊一开始就没有呼吸，而最佳的姿势就是悬挂。在这个以吃羊肉出名的西北城市里，一只羊的死，并不是什么稀罕事。当一只羊停止了呼吸，它就不再代表懦弱和呆萌，开始成为味蕾记住的一部分。

从这些羊身上看到了这座城市对于动物们特别是牲畜们的态度。

似乎是一种惯常的思维影响，总觉得城市里是不需要有牲畜的。鸽子、老鼠这一类栖居在城市里的小动物，完全可以填补城市环境对动物的需要，人们对一些不是宠物的牲畜们的看法，正在悄悄发生着变化。

假如你在城市外环的高速公路上行驶，看到一群羊在吃草，就觉得这是一幅多么美的画面。可是如果同一群羊突然出现在城市里，你就觉得它们脏兮兮，臭烘烘。这时候，城市生活和田园生活之间，仅仅隔着一条高速公路。

我在城市的街道上见过几次羊群。不知道是对城市里人们的暗合，还是对陌生环境的恐惧，那些原本喧闹的羊群，却以沉默的形式出现在城市里。

腊月里的一天，我在亲水大街上遇到了一群羊。它们正拘谨地在人行道上走着，不知道是洞悉了自己接下来的命运，还是走在柏油马路上的原因，它们的动作有些壮烈。我好奇地跟在这群羊的后面，决定看看它们到哪里去，又面临着什么样的境遇——这座城市的冬天，对羊群是极不友好的，大面积的屠宰发生在此时，所以我猜测它们一定是走在赴死的路上。

果不其然，过了两个十字路口之后，羊群就来到了城乡接合部一处民房。这里是一个简易的屠宰场，院子里弥漫着土腥味和血腥味。它们从被赶到羊圈的那一刻开始，变得焦躁不安，一见人靠近就开始到处逃窜。不过，哪能躲得开两个人的围追堵截呢？被选中的羊很快就被两个人抬到了案台上。

它知道自己的死期已到，再没有过多挣扎。这符合羊的性格，逆来顺受。它被摁在案台上，屠夫将它的头拧向一边，一把尖刀迅疾而准确地划向颈部，很明显，他的力并不是很足，但刀口却很深，羊的脖颈瞬间被划开，露出颈椎部位白色的骨头。羊血顺着刀口流下来，并没有那种我想象的喷涌，红色的液体也跟羊一样温顺，顺流而下，然后被一个大盆接住。一只羊和很多只羊就这样相遇了，它们的血融在一起，它们的命运就此交织，不再分离。

我的目光从一盆血转移到案台上，也就一分钟的样子，三个人完成了一次杀羊过程。血被放完之后，羊的身体就彻底没有了动静，不嘶吼，不抽搐，只有眼睛是睁着的。一只羊就这么看着我，但是它什么都看不到了。我就这么看着一只羊，却看到了它短暂的一生，看到了它来不及喊出来的悲与痛。

我用手机拍下了这个没有表情的头颅，其实，我是想拍下它的眼睛，一只羊最后的表情是一双再也不会闭合的眼睛。我从这睁开着的眼睛里，没有看出不舍，也没有看出不甘。在此之前，它可能有过对死的畏惧，但是真正面对死亡时，却又平静得可怕，只有刀子进入身体的那一刻，撕心裂肺的疼痛让它试图叫出声来。可是，屠夫的大拇指死死地压着它的舌头，下颌和上颌完全没办法闭合，锋利的尖刀也早已把喉咙一分为二。那一声疼，从身体内部发出，然后被两节断掉的喉咙放空。撕心裂肺的疼痛让它痉挛，于是身体不停地抖动，两个帮忙的人怕它突然站起来，死死地压住四肢。就这样，一只绵羊彻底平静了，没有人给它呐喊的机会。

有时候死亡来得就是这么突然，在它面前，羊变成了沉默者。

曾目睹过的一场和羊有关的车祸。时间应该是某个冬天的上午八九点钟，地点也是城乡接合部的一条无名街道。这里刚被太阳铺满，一群羊的出现让死寂的巷道变得丰盈，它们一拥而上，目中无人，牧羊人怀抱着鞭子，慵懒地跟在后面。

这一幕不管是构图还是色彩，都有着绝佳的拍摄效果。我迅速地摁下快门，正低头欣赏的时候，就听见一阵刺耳的刹车声伴随着物品被猛烈撞击的声音。抬眼过去，一辆红色的卡车，正停在羊群中间。猝不及防的碰撞，让羊群此前的莽撞荡然无存，领头的几只已经倒在路上，跟在后面的羊群等待着牧羊人的指示。很明显，它们被突如其来的一幕吓傻了，同样被吓傻的还有卡车司机。他站在羊群中的时候，身体还在不停地抖动。

羊群也在抖动，整个街道都在抖动，整个上午都在抖动。

后面的事情，我没有再继续关注，相对于羊群的被撞击，在此之前的出场更让我有兴趣，我甚至都没有去拍被撞后的羊群。可是离开后的一段时间，红色的卡车、被撞死的羊、颤抖的车主却不断在我脑海里浮现。

接着是一连串的疑问：是不是城市对宠物之外的动物越来越不友好了？不然飞驰的轿车，为何不为突然出现在路中间的羊群让路？那群被撞死的羊来不及躲避来不及呼喊，跟在身后的羊群为何也默不作声？羊群集体的沉默，是对城市的恐惧，还是对生活的无奈？

这一切注定没有答案，也不需要答案。在城市里，人与牲畜之间，一直有一道无形的墙，生活在城市里的人，对它们的概念是食物，是意象，它们代表着乡下。因此，在他们眼里，牲畜是乡下的闯入者，是街头表演艺术家，是沉默的行走的食物。

只有在有着乡土生活经验的人们眼里，牲畜才是乡愁的一部分，是童年的有机组合，看见它们，约等于回了一次童年或者故乡。可是现在已经并不尽然了，有乡村生活经验的人们，在城市里生活得久了，理解方式和表达方式也开始发生变化，他们在城市里看见牲畜的时候，会收起惊讶，收起亲切，收起被它们点燃的乡情，他们像沉默的羊群一样，假装对牲畜们视而不见。

其实，已经越来越难在城市里见到牲畜了，无形的墙把牲畜们隔绝起来，如此一来，它们不用再贸然闯入，不用再表演，不用再沉默。

不过最近发现，我住的小区里竟然是有羊群的。城市边缘原本的村庄变成小区之后，土坯房被高耸的楼房代替，牲畜和大型农器具早已变卖，以前被当作草场的区域被开发商铺上了塑料草地，为了让整个环境看上去接近自然，工人们在草坪上安装了几只假羊。

我近距离地观察过它们，它们要么低头吃草，要么抬头看天，它们不像一群羊，更像一群沉默者。羊群的一侧，楼下玩闹的孩子吵闹异常，而它们却安静得可怕。

看着它们，就想起十字路口被撞死的那群羊，打开手机相册，它们刚好从巷道里走出来。我站在记忆深处，羊群经过的那个十字路口已经空空荡荡，没有尘土，也没有臊臭，更没有猝不及防的碰撞。当我再回头时，羊群又回到了原来的位置上，它们不慌不忙，它们沉默不语。

乌鸦：归来者

你有多久没有见过乌鸦了？

傍晚时分，我在新华街的电线上看到一群乌鸦，脑海中突然就闪过这个问题。

仔细回想之后才发现，乌鸦似乎从我们身边消失很久了。

我们讨论一只乌鸦时的语境，似乎不在城市而在乡下。抛开它们的隐喻不说，光说它们在诗歌中的绝佳表现，就能让人肃然起敬："枯藤老树昏鸦""夕阳外，寒鸦万点，流水绕孤村""古树噪寒鸦，满庭枫叶芦花"，这些绝美的意境，大多和乡村有关，因此，我固执地将乌鸦划归为乡下的鸟。

有一天，它们跟着进城的人落脚城市。十八年前，我刚来这座城市，记忆中，乌鸦也曾是城市边缘的常客。那时，我生活的区域，城市的轮廓尚未如此清晰，高楼大厦与低矮的民居交织在一起，形成了一片独特的风景。乌鸦们栖息在老旧的屋檐下，或是废弃的工厂里，它们在那里筑巢繁衍，它们在那里成为城市的一部分。夕阳西下，一群群乌鸦便会从四面八方飞来，汇聚在一起，发出阵阵嘈杂的叫声，为城市保留了野性和乡愁。

不知什么时候开始，那些老旧的房屋和工厂开始被拆除，取而代之的是现代化的购物中心和写字楼。乌鸦们失去了栖息之所，只能被迫迁徙到更远的地方。于是，城市中乌鸦的身影变得越来越稀少，它们成了被遗忘的群体，逐渐淡出人们的视野。

为了闹清楚它们消失的真正原因，我向AI提了一个问题：乌鸦为什么从城市消失了？它郑重其事地告诉我：乌鸦从城市消失现象背后隐藏着多重复杂的原因。城市化进程让乌鸦的生存空间减少，高楼林立的城市环境缺乏乌鸦所需的栖息地和筑巢条件。城市绿化往往以观赏植物为主，缺乏乌鸦所需的自然生态环境。城市的噪声、光污染等也对乌鸦的生存造成了干扰和影响。城市管理的加强和垃圾分类的推广，让乌鸦的食物来源受到了限制。同时，城市中的食物链也变得更加复杂和不稳定，乌鸦在竞争中处于劣势地位。

这个答案，将乌鸦消失归咎于城市建设变化，而忽略了乌鸦自身生态习性、迁移适应及种群数量波动等因素。对照列出来的几条原因，我在到街头上确认之后发现，楼房越来越高，已经没有屋檐，也没有可以落脚的楼顶，那些明晃晃的外部装修，还会让一只正在飞行中的乌鸦迷失方向，甚至发生撞击事故。大街上的垃圾桶里，早已经不见食物残渣，那些低矮的看上去很有美感的行道树，被修剪得连个落巢的空间都没有，电线杆也逐渐消失，密密麻麻的电线，委身地下，已经没办法供乌鸦落脚。

没有落脚之处，乌鸦们只能回到乡下，回到山间，回到荒野中，成为"返乡鸟雀"。可是，并没有一个人因为它们的消失而感到惋惜，甚至大街上的人们根本就没有注意到这个现象。他们走得实在太快了，没有时间抬头看一看天空是否还有乌鸦的身影，更别说为此感到愧疚了。

乌鸦的归来，倒是引起了关注。先是有人在街头拍到了大规模聚集的乌鸦，然后电视台安排记者拍摄了黑压压的现场，并就此采访了动物学家。得到的结论是，乌鸦每年都要在采食场和夜宿地之间作短距离迁移，在农村，乌鸦的夜宿地和采食场几乎在一个地方，迁移的现象还不明显。在城市，夜宿地和采食场之间就有着比较长的距离，所以冬天就能看到大量乌鸦早上飞离市区、傍晚飞回市区的壮观场面。

动物专家们说，天气变冷，乌鸦们聚集到一起，让人们误以为乌鸦也是其他地方飞来的候鸟。其实，乌鸦成群生活，和热岛效应有关。冬季，城市热岛效应明显，市区的温度比郊区的温度要高，乌鸦到市区过冬就不足为奇了。

动物专家一句不足为奇，一下子就减弱了乌鸦归来的神秘感，不过丝毫不影响我对乌鸦们的思考和表达——

　　一群归来的乌鸦，是不是已经落脚在新华街上？这个问题似乎并不重要，我要讨论的是，每当夜幕降临，车轮滚滚之中，乌鸦的啼鸣，会像一曲低沉的挽歌，在街道上空回荡，它们尽量把自己的声音塞进复杂的噪声之中。如此一来，新华街就和别的街道不一样了，它承载了一群乌鸦的叽叽喳喳。

　　乌鸦的出现，不光让街道有了变化。孩子们看见它们，会兴奋地指着站在电线上的这群家伙，眼中充满好奇，这时候，大人们开始从家乡的那棵歪脖子树说起，讲一只乌鸦是如何把自己从惧怕的意象变成思乡的意象。已经很久没在街道上出片的摄影师，眼前一亮，举起手中的相机，追逐着它们的身影，试图捕捉那黑色精灵在城市背景下的独特之美。报纸上，学者们将乌鸦的大面积回归视为城市生态恢复的重要指标，开始研究离开城市的这些年，城市的人们是如何对乌鸦的消失保持了沉默。

乌鸦的归来，并非一帆风顺，因为矛盾也随之而来。站在树枝上的成群乌鸦，粪便经常会落在街道上，给城市的清洁工作带来不小的麻烦。乌鸦的叫声，也时常让人感到不适。矛盾使得乌鸦与城市之间的关系变得复杂而微妙。

当我在城市中漫步时，看到乌鸦在空中飞翔或在枝头栖息，是否会适应这个画面？会不会停下脚步，看看它们黑色的羽毛在阳光下闪烁着独特的光芒，会不会以一种敬畏和尊重的心态看待它们？

当它们真正成为城市的一部分，我们才会意识到乌鸦们用自己的方式诠释着生命的真谛和价值。如若不然，那么归来的乌鸦们迟早有一天还将会消失，城市的天空，将会为它们空出一大片来。

状态：变化的城市

出生

　　妻子分娩的那个下午，我在这座城市最有名的妇产医院3楼等待着神圣时刻的到来。初为人父的惶恐和无措，让整个过道都变得焦躁不安。我一会儿坐在椅子上发呆，一会儿走到楼道尽头看看窗外的风景。

　　从待产区楼道看过去，是新生儿科外科大楼的建设工地，三五个工人正在钢筋之间传递着水泥、砖块和木头，他们的动作连贯，这让我想起产床上的妻子，正在被医护围绕，她们也应该在不停地传递着手术刀、胎心检测仪和助产器械。

在水泥输送车的帮助下，水泥包裹了钢筋的骨骼，并且迅速填满它们。一层楼很快就成型了，这座城市的局部区域再一次被抬高。而产房里的妻子，还在煎熬着，等待着，出出进进的医护人员，对于出生的进展都闭口不言。她们严肃的表情让我愈加烦躁，呼吸也变得急促，于是索性将头伸出窗户，吸收一点新鲜空气。

我这才发现，妇产医院楼下的小花园里，几个孩子正趴在草丛中看蚂蚁搬家，他们手里的小棍子，不停地干扰着蚂蚁前行的路线。他们和我一样，还有些心不在焉，远处工地上工人敲击建筑物的声音，钢筋相互碰撞的声音，工人们彼此逗乐的声音，明显吸引了他们。

于是，孩子们一会儿看着蚂蚁，一会儿看着工人，他们对这座城市的理解，停留在这些正在变高的建筑物身上。在孩子们眼里，整个城市就像花花草草一样，是从大地上冒出来的，而那些手持电钻的工人，只不过是修剪师，他们的工作是让城市更像城市，而不至于野蛮生长。

而真相是，城市始于建筑物，建筑物构成了最终的城市。城市管理者规划了这座城市，设计师拿出了决定城市长相的图纸，工人们模仿蚂蚁，参与了建筑物的分娩，看着它们长大。生活在城市里的人们，则继续模仿蚂蚁在城市生活，并以一己之力一点点让城市一点点变老。

城市不像植物那样有规律地成长，它们更多的时候像孩子们手里的积木，随时可以形成，也随时可以倒塌。不过城市的管理者们，规定它们在白天长高，有时候也会在夜里悄悄长大。

工人们像种一棵树一样，把楼房种在大地上，然后添枝加叶一寸一寸抬高它，它们成长的速度太快，以至于都没办法总结规律，只有密密麻麻的工程进度表和竣工验收单，像孕检报告和出生证明一样，见证着某个建筑物的出生。

就在我将妻子的分娩和城市的出生联系到一起的时候，产房里传来"哇"的一声，嘈杂的楼道一下子安静下来，妇产医院用片刻的宁静迎接一个新生儿的出生。与此同时，新生儿外科大楼的建筑工地上，新的一批水泥正在倾泻而下，它们包裹住的那批钢筋，前一刻还在夕阳的余晖下散发着光泽。

新的生命出生，新的建筑物出生，新的城市出生，三种不同状态的出生，在同一个地点同一时间完成了融合。孩子出生的证据是《出生医学证明》，建筑出生的证据是第二天晚报上的一张图片新闻，而新的城市的出生，无法准确定义，有时候是落日熄灭了城市的光，路灯又一次将它点亮；有时候是哈欠声里，噼里啪啦的鞭炮响彻云霄。是的，出生这件事，在城市里，显得机械而缺少仪式感。

变化

变化是城市不变的特征，从它出现的那一天开始，一直持续着。

进入一座新的城市，你对它的认知，就随着脚步的不断深入，唇齿之间对饮食的感受，以及双目所及，开始发生变化。从陌生到熟悉的过程，与其说是你在不停地探索和了解城市，不如说是城市变着花样让你看清了它。

在车站广场，你看到的是琳琅满目的宾馆和门头一致的土特产商店，你就觉得，这座城市的样子就是宾馆和千篇一律的土特产商店的样子，你为此而感到失望。而当你拐出广场到达街道，路两边的树和阳光所组成的斑驳，让你恍惚之间以为这座城市就是斑驳的，这时候你觉得城市又与众不同。可是等你穿过人群，到达了这座城市的某一间房屋时，你才发现，你抵达过的所有的城市都是一样的。其实，任何的外表都是障眼法，不管城市多大，我们需要且能拥有的，只有一间房屋的大小，有时候仅仅是需要，很多人穷尽一生，根本没办法拥有一间房屋。当然，上天最终会让他有固定的场所永眠。

即便如此，城市还是在不停地变化着。它在长高，也在长胖，像个孩子一样成长着。不过，城市的成长明显比一个孩子的成长要快很多，快到它直接忽略了胎儿期、新生儿期、婴儿期、幼儿期、学龄期、学龄前期和叛逆期，直接进入暮年。

于是，城市的管理者就需要不停地让新的建筑物出生，以维持城市的崭新程度。这时候，在女性中盛行的美容术，同样也适用于城市，人们通过重建和装修，实现了某种意义上的新。而与新对应的旧，就没有那么容易形成了，没有人愿意把新的东西一开始就装扮成旧的。一座城市想要变旧，需要沉淀，需要时光和历史缓慢地经过，并在它身上留下痕迹。

我在这座城市的两个不同区域的同一类型老旧小区租住过很长的一段时间，和那些老人们共同享用老旧小区破败的环境，让我有机会深入了解一座城市的内部。和城市几乎同龄的老房子，藏着这座城市的秘密。它脆弱，它敏感，它弱不禁风，它收藏着老年人的记忆和流浪者们廉价的无处安放的梦。

一座城市新与旧的变化，并不由城市自己来决定。城市管理者们经常会根据自己的标准，判断是否可以把一座建筑物划定为老旧空间。一旦认定，他们就不再去维护它，而是随时准备去改造它，让内部已经衰败的建筑物改头换面。或者直接拆除重建，然后用高密度的建筑群来替代腾出来的地方，以达到让城市变新的目的。

拆迁，宣告了一座建筑的死亡，而装修让建筑暂时起死回生。有人在已经破旧不堪的楼外表层刷上新的油漆，或在裸露的砖块上添上防寒棉，让它看上去并没有那么老。这时候，往往会给住在里面的住户和偶尔经过这里的人们造成一种假象，以为这里变成了新的，或者原本就是新的。

这种新，虽然以旧的方式存在着，但建筑物的内里还是不保温，暖气管到了冬天就滴水，厕所里的龙头不使用的时候也在不停地滴答着，在暗夜里形成水的小型交响曲。于是，人渐次从建筑里退出来，城市管理者们通过彻底做旧的形式，让一条街或者一个小区营造出一种旧的风貌，并将其称为老街，以佐证崭新的城市有着古老的历史。

就这样，在新和旧之间变化着的城市，通过外表不断试探着人的喜好，从而填充起每一个生活在这里的人们的城愁。

动静

　　城市一直处于运动之中，不管是它的内部，还是生活在城市里的人。

　　有人会说，一栋建筑一动不动地站在那里，它是怎么动的呢？那么就让你的视野进入一座建筑的内部看看。此刻，夹在水泥之间的水管里，上水和下水正在不同的区域内流动，一股进入身体，一股从身体里排泄出来，它们以从不汇合的方式完成一次循环。水分子的运动是需要显微镜才能看得清楚的，但是这不影响你理解建筑物的运动，因为那些看不见的内容，是你不断摁下开关和不断打开水龙头配合进行的。

　　如果你想观察人的运动，不需要去运动场，也不需要去体育馆，站在十字路口的任何一个位置，就能深切感受运动的魅力。红灯像闸口，把人流挡在对岸，等着绿灯让水倾泻而下。作为参观者，你完全不用参与其中就能感受到来自人群的力量，运动的力量，被推动的力量。

步行街是我观察这座城市的最佳观测点。我刚出现在北侧的入口处，一股声音的洪流就会将我裹挟。看不见的动，从整齐的店铺里扑面而来：大降价、黄金、眼镜行业没有暴利、换季打折扣错过一次等于错过一年……不连贯的广告语，来回切换，以至于你根本听不清楚哪一句是完整的，但是耳膜的振动告诉你，在步行街，声音都是动着的，声音背后，资金是动的，金融的宽阔网络中，数据是动的，和紧盯着交易的人们的心跳频率一致。

不过，这并不是步行街最大的动静。年轻人们在北入口的两侧，营造出青春的氛围。他们在东侧的小广场挑战滑板旋转动作，青年的轨迹，在身体抬升的一瞬间，变成巨大的撞击声。他们反复练习，就像消费者反复试穿同一件衣服一样。西侧的小花园里，按摩师傅提着板凳寻找着客人，几乎每个人都给他一个拒绝的手势，他毫不受影响，继续试探着。花园似乎更受老年人的喜欢，他们坐在石凳上，看着年轻人做直播。

网络直播让东侧和西侧的动静变得火热。一边一场，一场上只有一个男孩子弹着吉他唱着许巍的歌；另一场上，一个女孩子弹吉他，另一个男孩子盯着屏幕认真地让周杰伦的歌词变得清晰。唱许巍的男孩子，唱得很卖力，那一声"嘀哩哩哩哩哩哩哩哩哩"有一种嘶吼的震颤。而男女搭配的组合，和着对面围观者扭动的身躯，让动变得飘摇。

我受不了热闹的人群中暗藏着的孤独，在一句"我送你离开千里之外，你无声黑白，沉默年代或许不该，太遥远地相爱"中，慢慢后退，悄然离开了人群。我以为这样就可以从城市的动静中脱身，没想到在街角却遇到了老年人。

这是一个比年轻人动静更大的群体，她们踩着劲爆的鼓点，不断变换着肢体语言，以至于让你觉得，她们才是这座城市的希望。她们还让"动静"这两个字变得辩证起来，一群进入暮年应该静静享受阳光的人，却和着节奏用大幅度的动丰富着城市的清晨和傍晚。而最应该动起来的青年。瘫坐在游戏面前，双眼紧盯屏幕，如果不是两只灵活的大拇指在不停移动，你会以为，这是一尊面目稚嫩的泥塑。

城市就是这样，你觉得它是安静的，但是它的内部风起云涌；你觉得它是运动的，然而它的内部岿然不动。静与动在它身上，形成一个巨大的旋涡，吸引每一个好奇的人进入其中，然后创造自己的动静。

陌生

城市真是一个矛盾体。它的路越修越密集，房子越盖越紧密，再加上速度变得越来越快，人与人之间的距离也就越来越近，可是生活在城市里的人，却越来越怕接触彼此。

于是，陌生就成了一个更为矛盾的矛盾体。每一个进入城市的人，总想着尽快和这座城市熟悉起来，可是等熟悉了这座城市或者被这座城市所熟悉的时候，却发现，自己想要的，可能仅仅是陌生。

陌生让人觉得踏实。出门不担心遇到熟人，为生活熬夜的黑眼圈就没必要去遮挡。挤在人群里，每一个面孔都是孤独的，于是，你的孤独混在其中，就没有人能察觉到。这是陌生带来的好处，可陌生并不是只有好处，还有压力。

我的意思是，陌生人和陌生的环境，总是给人一种莫名其妙的压力。当你坐上一个陌生人开的出租车，车厢里陌生的环境已经让你浑身不舒服了，此时，车载广播里循环播放的健康广告里，演员专业而夸张的语气，让你觉得他们说的就是自己，似乎上一刻还元气满满的身体，一瞬间就气血不足了，甚至身体的每一个部位都出了问题。于是，再次出行时就选择了坐公交车，可是当挤上车站定之后，在清晨拥挤的车厢里，那些陌生的、精神饱满的老年人，又让你觉得自己似乎没有未来，年轻的时候挤公交，等老了还要挤公交，人生难道要在公交车上完成？接下来的故事是，你下定决心买了一辆车，可是紧接着更大的恐慌扑面而来：不断攀升的油价，让你觉得每一个陌生的加油员都心怀鬼胎，而你的每一脚油门都踩得小心翼翼，这让你的每一步路都显得很珍贵。可是到头来才发现，不管怎样的一段路程，被你走过之后，路没有变化，你的生活没有变化，要命的是，你还要不断地走。

这时候，就怀念乡下的日子。乡下不大，几乎所有人之间都是熟悉的，陌生这个词就显得陌生。人们在相同的语言和道德体系之下生活，即便是发生不愉快或者更为可怕的事情，那也是在熟悉的情况下发生的，而在城市里，陌生会让你成为受害者，或者加害者。脱离了共同体系的束缚，人变得愤怒、妒忌，甚至暴躁。

在报社负责突发新闻报道的时候，采访过一个极端案例：一男子到银行取钱，当他走出银行大门的时候，另一个陌生男子朝他的胸膛就是一枪，两个陌生人以这样的方式相遇，换来的是当天的头版新闻。写稿子的时候，我一直琢磨一个词：陌生。

陌生人的凶残，其实不仅仅在刑事案件里，有时候就藏在手机里。有那么一段时间，很怕手机响，不管是电话还是微信，如果静悄悄，整个人就会放松下来，一旦手机有了动静，就会神经紧张。

更为夸张的是，手机不知道什么时候，把人变得陌生得自己都不认识自己。

消失

毫无疑问，很多东西正在消失，这是大家都能看到的情形，但是没有人会因此而感到焦虑，大家忙得压根就没有时间去管这些事，或者说即便是去管这些事，也根本没有任何作用，谁都挡不住城市的变化。更为有意思的是，人们还乐于接受消失后新出现的替代品，因为他们需要这些新事物。

报刊亭是我认识这座城市的最早入口，那时候，我面对错综复杂的建筑群和街道，手足无措，我不知道如何从车站到学校，更要命的是，从来没有说过普通话的嘴巴，根本没办法张开去问路，只能学着别人到报刊亭买一份本地的地图。

一座城市就这么摆在我面前了，明确标注的公交车信息，带我从一个区到另一个区，从一个街道到另一个街道，我得从报刊亭开始进入这座城市。我有一个习惯，不管是到哪个城市，都要去买一张本地地图，有一种打卡的感觉，但主要还是指引我了解和进入这座城市。后来有了导航，地图就换成了本地的报纸。我买过地图和报纸的每一个报刊亭，都跟着地图和报纸收藏到了我的书架上。

似乎没有几年的时光，报刊亭就从街道上消失了。替代它的是小型的快递店，它们把报刊亭三个字改成了快递驿站，把报刊亭的绿色油漆换成快递广告，报刊亭就变成了快递店，里面堆满了来自各地的快递。它们跟以前整齐摆放的报刊一样，等着它的主人来认领。报纸满足过的需要已经被快递所替代，并且，快递能满足的需要，是报纸所无法替代的。如此的话，你就不会因为报刊亭的消失而觉得遗憾，或许还能通过这两者的代替关系，发现这座城市的发展细节。越来越多的传统行业，在悄然发生着变化，它们在消失之前，让自己尽量适应城市的需求，时间一长，它们的面貌一新，你不注意观察的话，还误以为它们彻底消失了。

有一种事物真的就从视线里消失了，它的名字叫电话亭。十八年前，我刚到这座城市的时候，街边有两样东西让我感觉不可思议。招手就停的出租车和插卡就能联系的公用电话，都是乡下所没有的。那时候要去镇上必须步行，只有到县城才有中巴车，并且还固定时间发车。而电话只有村主任家有，那红色的固定电话，在村里象征着权力和权威。每一次有电话来，村主任都会用大喇叭通知去接听，谁家接了电话，跟上了新闻联播一样一下子就传开了。在城市里，这一切变得容易起来。那些年，我站在路边给村主任家的座机打过好几个电话，不知道父亲听到通知的时候有没有感到压力，因为每一次打电话，无非就是要生活费。可以说，公用电话曾经养活过我，要不然隔着五百公里，我真不知道该如何把缺钱的消息送到村里去。

手机的出现，让联系变得更为便捷。随时随地的电话，或者视频连线，让人的距离越来越近，却让电话亭的影子越来越远，我已经很久没在我生活过的城市看到插卡公用电话了，它们没落地消失在记忆中。

被最近的一则新闻所吸引：四月十九日，记者路经银川市凤凰碑时看到，园林工人正在这里栽植花木。据了解，这是凤凰碑下的景观近十年来首次进行植株加密种植，并将景观植被换新成更具观赏性的开花植株。

在这篇被标题《首府今年重点改造提升15条街道绿化景观 近十年首次！凤凰碑下植被换新》所统领的短消息里，"近十年首次"这五个字显得格外突出，并且被感叹号着重提醒。首次作为新闻最关注的独特性背后，是景观植被换新这看上去并不是十分重要的信息，这只是读者的感受，在一个对城市的细微变化异常敏感的观察者眼里，这就是大新闻。代表着这座城市形象的凤凰碑，它身上的每一块瓷砖都藏着信息，更何况是营造氛围的景观植被，它们从某种意义上来说，构成了城市的气质，现在，它们要消失了。这就相当于十年来保持着同一个发型的人，要换一个发型，肯定会在身边人中间产生点小轰动，大家会猜测他换发型的原因，会议论他十年不换发型的原因。最后得出的结论往往是：这个新发型到底好不好看。至于十年不换发型和突然换发型的原因，没有答案。

遗憾的是，这篇报道没有凤凰碑此前的景观植被品种，只告诉我们换种的是比较皮实、耐旱、开花效果好的贴梗海棠、榆叶梅、连翘等三类观赏类开花植株。再经过凤凰碑的时候，我特意观察了景观植被，发现海棠、榆叶梅、连翘已经盛开，凤凰碑也正在适应着这三类新品种，它们需要一个磨合过程。感谢细心的记者发现了这个变化，在众多面目相似的新闻中间，它像一个人新换的发型一样，让人眼前一亮。

其实，跟凤凰碑下的景观植被一样，城市内部的很多东西在消失之前，总会大张旗鼓地做一番宣传，或者以通告的形式证明消失的合理性。这跟人死后发的讣告一样，都有缅怀的意思，不过这些宣传和通告，只是例行公事，没有任何感情色彩，而看到它们的人，也只能在嘴上表达一下遗憾，或者调动一下关于消失物的相关记忆，就相当于哀悼了。

弗朗索瓦·雅各布说：既然有通过性而进行的繁

殖，个人就必须消失。所以，死亡就成了人类进化过程中的可能性条件，而作为城市的管理者，人也将自己的消失属性赋予了城市。因此，城市里的很多事物，一直处于消失的生物链当中。它们不断消失，它们不断出现，城市就这样获得了生生不息的能力。

新的城市

据说，城市的问题越来越多。这是喜新厌旧的结果，它在很多大型城市已经成为亟待解决的难题，而在我生活的西部城市，问题似乎并不明显。但这不意味着问题永远不会出现，那就思考一下城市问题吧。

为了闹清楚所在城市的问题，我专门去本地的新闻网站做了查询，得出结论如下：城市房价过高，导致很多人居无定所，解决方案是建设保障性住房，房价还是过高，地皮和建设成本是一部分，买到它的人大多都不希望它持续上涨，以确保自己的资产；医疗资源不足，总有人看病难，难在排不上专家号，难在交不上高额的治疗费用，甚至医院停车难也在媒体关注的范畴，解决方案是无法解决，除非人不得病；教育资源不平衡，有些孩子学习一般，却进了重点学校，有些孩子成绩很好，只能在家门口的片区上学，资本和分配机制总是让人看不明白，解决方案是摇号，可是摇号之后，问题依旧……

诸多的问题让城市变得越来越不可爱，于是很多人就决定，是时候解决城市问题了。美国汽车工程师与企业家亨利·福特提出，现代城市可能是地球上最不可爱、最矫揉造作的存在了。最根本的解法就是遗弃它……我们应当离开城市，以此解决城市问题。

有一段时间，我被这句话所困扰，难道只有离开城市才能解决城市问题？这不是在逃避问题吗？离开了城市，问题难道就不存在了？其实，当城市的便利已成为人们赖以生存的基础，离开可能并不是解决城市问题的最佳方案。而新的城市或许能代替这个方案，人们完全可以根据自己的喜好，以及城市所表现出来的各种问题，重新设计并建造一座城市，让它适应更新的需求，最终让城市成为人们最理想的家园。

这是法国作家米歇尔·德·塞托的《日常生活实践》给我的启发，他的观点是："城市"有了自己的名称之后，就有了依靠有限的彼此独立而又相互关联的固定财产来构思和建设空间的能力。

重新构思和建设新的空间，是完全可以在一座旧的城市之上完成的。如果不想做长久的规划，也只需等待，城市就会变成新的。城市每天都在更新，不管是大面积的新建或重建，还是小范围的局部改善，都改变着城市的样貌。每一天看到的城市，都和前一天是不同的。

新的城市在不停地诞生，旧的城市被变成记忆，留在人们的脑海中。和乡愁对应的乡村记忆不一样，城愁之下的城市记忆显得不是那么可靠，具体表现在，乡村记忆随着时间变化会越来越清晰，越来越稳定。而城市记忆一直处于变化中，即便是稳定的记忆，也会在时间流逝的过程慢慢稀释，成为碎片，最后索性消失。这或许是许多有乡村生活经历的人在城市里工作到退休之后，就会想办法回到乡村的主要原因，乡愁紧紧拽着他的脚步，而城愁对他毫无吸引力。

新的城市，永远不在城市之上，而是在规划图纸上，在人们对城市的期待中，甚至在梦里。现在，我们看到的城市只是新的城市的替身，它以具体的形象，给每个人一座城市的记忆，等待新的城市诞生之后它就自然消失了。它明白，人们对新的城市的期待，远远超过对一座旧的城市的喜欢。城市就是这样，用缓慢的变化培养着人的喜新厌旧。

场景：城市的片段

斑驳

斑驳之街，本名长城路。它是这座城市为数不多的单行道，因此没有任何一辆车可以在这条路上走上一个来回。

如果你从西到东走一趟的话，就会发现，它的名字里包含了它的意象。

街道两边的行道树，垛口墙一样，把这条贯穿整个城市的主干道紧紧抱住，没有阳光穿过树叶之间的缝隙漏下来的时候，你会有压抑之感。其实，这条街的主要特点，就来自路两边的这些行道树，它们在春夏秋三个季节里，用叶子和枝干组成无数个光斑，使得整条街斑驳起来。

走路的人是感受不到这一切的，路两边的人行道和非机动车道内，只有铁青着脸的沥青路面，斑驳是主干道的特征，并且只有在清晨才能感受并参与其中。

不管从哪条街拐到长城路，都会有穿越的感觉，瞬间进入了另一种状态中。车轮向前，迎上来的光提醒你，这里是斑驳之街，迎面撞上去的光，没一束是完整的，它们碎得像刚抵达岸边的海浪，假如消除掉发动机的轰鸣声，就一定能听见它拍打车窗的声音。

没猜错的话，我应该是第一个发现斑驳占领街道的人。它们先用不完整的光引起你的注意，久而久之，你对它有了喜爱之情，你总想把车拐到长城路，以感受斑驳之美。可是，斑驳从来不是为了显示美而存在的，它们用细小的光，一点一点占领了街道，从而使原本千篇一律的街道，变成斑驳之街，因此有了特点。

作为主干道，除了人流和车流之外，街面之下还有大量的管道和天线。人和车总会有摩擦，而地下的管道也经常需要更新，再加上时不时出现的爆管、泄漏，这条街经常会被半幅封闭，只要蓝色的铁皮围起来，街道一定会因为失去一半功能而变得拥挤不堪。原本还沉浸在昨夜的好梦中的人，谋划着今天能有好心情的人，对上班充满期待的人，都被长长的车队所牵制，他们的心情变得糟糕起来，每个人的内心都被一股说不清楚的烦躁包围。

这个时候，斑驳之街也就变成了烦躁之街。每一个被堵在路上的人都会用鸣笛表达不满，有一辆车鸣笛，紧接着就有第二辆第三辆，然后多米诺骨牌一样，此起彼伏，斑驳之街变成了噪声之街。这才是长城路的本来面目，但是斑驳的迷惑性，让你忘了这一切。

长城路的斑驳，有时候来源于大街上行走的人，有时候来源于建筑、植物、车辆，以及所有出现在街道上的任何事物。当然，也包括它们的影子。建筑的影子、植被的影子、车辆的影子，移动的、静止的，随着太阳的位移，不断转换、重叠、分离。如果给城市来一场延时摄影，它一定是处于斑驳之中的。

影子之中，人的影子最能让城市变得生动。骑自行车的人，影子像一道闪电一样，划过街道留下一股风。开心的人，一边走一边唱着歌，影子也显得跳跃而有节奏感。伤心的人，影子失魂落魄、软塌塌地，你都怕它被一股风吹走……连那只被人牵着的棕色的小狗，经过斑驳之街的时候，都变得威风起来，花斑落在它身上，让它恍惚感觉自己不是狗，而是一只猎豹。

街道上，人群没留下脚印，却把丰富的内心世界通过影子留在斑驳之中，如果你想知道他们一天的心情，只需要翻拣这斑驳的街道就行，并且动作要快点，到了黄昏时分，一切就无迹可寻。

夜晚的城市要比白天斑驳得妖娆一些。黄昏之后，斑驳就变成两种，一种来自灯光，它们静止不动，只要长时间观察，就能发现端倪；另一种来自月光和不断前进的车辆，它们或缓慢或快速地形成斑驳的场景，你一不留意就会错过。

第一种斑驳有根，只要不关灯，能持续到天亮。因此，通过观察夜晚的斑驳状态去了解城市，一定是不错的选择。你可以持久地观察影子的样子，也可以拦住一片影子和它聊聊，这样会方便你了解整座城市。而第二种斑驳，让这座城市充满了神秘，它们不断地变换着，有一些还私下勾结，让斑驳更复杂一些。它们诡计多端，人根本不是对手，不信你可以守在路边感受一下，你从来都抓不住它们。

多变

步行街最终一定会因为多变而被人们从记忆里剔除的，多年以后，当人们提起步行街的时候，才发现，不管动用多少脑细胞，都无法准确地描述出同一条步行街来。

在外卖小哥眼里，步行街是两头扎着栅栏，进入需要费点工夫的地方。充满电的电动车在光滑的地面上跑动，两边的黄金首饰店和熟食店，让你有一种恍惚之感：你不知道那些香味是从黄金的哪个部位散发出来的，也说不清烤面包的色泽是不是镀过一层铂金，只知道香味和金黄来回穿插，可是根本没有时间停下来仔细辨别。

环卫工人则是这么描述步行街的：它是一面长方形的镜子，宽的两边是格式不同的匾额和门头，窄的两头有铁栏杆绕成的箍。多希望那些箍再小一点，这样就只能容下人进入，地面就会干净很多。下雨的时候，这面镜子最干净，它能照出藏在云层背后的太阳呢。

悠闲地走过街面的时髦女人，完全把步行街当成一条长长的铺着红毯的星光大道。为了从这一头走到那一头，她穿上白色的高跟鞋，以及白色的礼服，区别于旗袍和裙子穿在身上有一种特别曲线的衣服，吸引了大批目光。女人轻盈地走过一段路，那段路上就有无数的闪光灯，似乎整条街不是被太阳照亮的，而是男人的目光。

不必再一一举例了。不要说步行街作为一条街道所表现出来的多变，其实，整个城市都处在不断的变化中。城市虚幻、易变、多维，交织着生与死，又逃不出生死的轮回。不管是街道，还是小区，城市的内部总是一边在出生一边在消亡，一边在扩张一边在收缩。艺术家的画笔和摄影机，作家的记忆和笔记，市民的过往和经历，都赶不上城市设计师的速度。城市在他们手里，跟孩子手里的积木一样，随时变化，反复修改，他们总想让城市呈现出一种让所有人接受的面貌，结果却让城市永远地处于了多变的状态中，反反复复，生生不息。

闲适

在家庭之中，个体拥有封闭空间，既可以是隐私地，也可以是避难所。人们可以随意地躺着，可以免受噪声的烦扰，可以逃避别人的目光，可以不和他人打交道。住处保证了个体的功能，保护着个体最隐秘的行为。其实，公共空间也具有这样的功能，前提是，作为主体的个人，得做得出来这一系列动作。

我们经常在中山公园或者街边微型公园的长椅上看到躺平的人，他们做到了随意，也避开了噪声和别人的目光，也不会去主动和别人打招呼，他们把公共区域当成自己家，甚至比在家里还睡得香。因为这里睡觉不操心物业费、水电费，也不用为清洗床单被褥而烦恼，这里只有睡这个动作，他们一气呵成，从来不受任何影响。

我一直觉得，他们之所以可以闲适地躺在公共区域，和人们的宽容度有关。

在乡下，有人躺在地上，就会有人去打探情况，熟悉的人很快会把他送到家里，即便是陌生的人躺在那里，也会有人将他们转移到适合睡着的地方。乡下人的同情心，不容许一个人睡在野地里。而在城市里，同情心换来的是拨打报警电话，等警察赶来，发现是流浪汉或者醉鬼，会把他们送到救济站或者家里。但大多数情况下，正常的睡眠不会被打扰，人们看着身边酣睡的背影，要么一脸嫌弃，因为在城市管理条例里，这一条确实是不被许可的；要么一脸羡慕，毕竟好睡眠不是谁都能有的，行走的人们，多希望那个睡在地上的人是自己，如此一来，即便不是解脱，也能睡个好觉。

我不羡慕这些，我喜欢的场景有二：坐在湖边手持一竿和鱼较量；手捧一本书坐在公共交通工具上穿越城市。第一种是定力，第二种是适应力。城市在不断挑战着人的底线，很多人已经忘记自己的出发点，但坐在湖边和手捧书籍的人，已经洞穿了城市的计谋，以闲适应对一切。

亲切

街道作为城市最主要的构成部分，既有生命又没有生命。它为人们的出行和城市的扩张提供便利，它经常改头换面，它永葆着青春，似乎有着蓬勃的生命力。但是，它在你着急的时候不会缩短距离，在你痛苦的时候不会给予安慰，在你饥饿的时候不会指引你面包的方位，它又是明确的无生命体。可是，这一切在我们自己的意识里，都会变成另一种情感：亲切。

我们熟悉一条街之后，就觉得它跟家里的过道一样，你闭着眼睛都能从这头走到那头。你在不同的时间段能闻到不一样的味道，你觉得走在其中就像是在家里畅游。在街道上，你完成了某种身份的构建，确认了和这座城市的关系，那就是：你不是主人，但是你和这座城市已经亲密无间了。至少在某些已经熟悉的路段和区域，你的体验感很强，你觉得亲切无处不在。

实际上，街道的设计者在一开始的时候，就没考虑过亲切感这个功能。他们觉得街道的实用性要比任何功能都重要，其次才是别的功能。

街道不仅仅是为了把人们从一个地方送往另一个地方，它们是住区的重要组成部分，极大地影响着当地人的整体生活品质。经受住时间考验的新华街就是这样的例子，它将作为城市主街道的交通需求，和城市一开始就形成的商业功能以及随着城市发展出现的各项社交需求整合在一起。它不光合理地利用城市的建筑和空间，也综合考虑居民的需求。比如在市人民医院和承大寺塔附近设立停车场，方便就医和参观，人们不会因为没有地方停车而耽误看病，也不会因为没有地方停车而放弃一次参观。街两边众多的餐饮场所、文化交流场所和药店、丧葬品商店，还拓展了街道的功能，来到这里的人总能满意地离开，因此亲切感油然而生。

建筑带给个人的亲切感要比街道真实。不管是栖身的小区还是宾馆，不管是上班的场所还是休闲的咖啡厅、餐馆，当你进入它们的时候，往往有一种回来的感觉，当然，离开的感觉也很惬意。你身处其中，扮演着不同的角色，获得着不同的快感，时间长了，亲切感就越来越深刻。你会觉得，建筑有一种可以抚平焦虑、让人安定、使人走出痛苦的功能。当你疲惫，家里的床和宾馆的床都可以让你做梦；当你饥饿，家里的厨房和餐馆里的厨房都能让你饱腹；当你生病，家里的环境和医院里的环境都会让你安宁。这是建筑带给我们的错觉，也是城市给我们的安慰，最后受益的人是住在建筑里的人。

其实，不管是在街道上，还是在建筑里，在城市获得的亲切感，都是来自个人的内心体验。它不同于乡村本身带有的安抚力。城市之所以让我们感到亲切，是因为创造它建设它维护它的人，想通过各种功能让城市水泥钢筋变得柔软，以至于跟乡村里的土房子一样给人安全感舒适感和亲切感。总体来说，城市的亲切感不是城市带给我们的，而是我们在和城市打交道的过程中安慰自己的一种假象。与其说是城市给了我们亲切感，不如说我们在和城市相处的过程中，学会了自己和自己相处。

虚无

虚无之街上，住着诗人、画家和哲学家。

他们把诗歌当作行道树，阻挡刺眼的阳光，用色彩和线条装点路两边的房子。在他们眼里，这条街道，既辩证又唯物，充满着矛盾和智慧。

虚无之街的本名叫文化街，是这座城市最自以为是的街道。文化这东西，怎么能随便叫出来呢，我更愿意叫它虚无之街。我曾经很多次经过这里，这里有一座朱红色大门的文庙，有文联和作家协会，有乐器行，有古玩店。这里的人们，面貌和别的街区的人有所不同。

这里的街道软绵绵的，有着某种强烈的隐喻，每一个走过这里的人，第二天醒来的时候都会感到困惑。对，这条路只能在梦里经过，它有时候贯穿整个梦境，有时候只是一瞬间就能走完，它让你怀疑路的意义。

路有意义吗？如果路有意义，那么虚无之街到底意味着什么？是诗人把路灯分成了三段，第一段用了形容词，第二段把韵脚折断藏在句子中间，第三段动用了省略号，让整个夜晚显得愈加朦胧？还是画家用赤橙黄绿青蓝紫七种色彩，复制了彩虹，让整条街都处于湿漉漉和被照耀之间，这时候走上去既能闻到泥土的味道，还不至于被阳光灼伤？或者是哲学家对着植物背诵大段经典，让它对生活充满希望，而不至于过早夭折？在他们眼里，活着就有意义，当然死了也有，意义两个字，是哲学家的命根子。

住在虚无之街上的人们，从来不会在街上相遇。他们各自忙碌，不用担心匆忙的脚步踩到别人的影子，不用操心突然飞驰而来的汽车撞上自己。这里空空荡荡，

207

行道树和路灯、指示牌一起，学会了隐身术，它们热衷于把自己放在只有自己知道的地方，所以，整个街道从来都没有被填满过。

是的，虚无之街只存在于梦里，也就是说，只有闭着眼睛的人，才可能出现在它的街面上。你看，不管多少人同时出现，街道上只有一个人。他身上的孤独，点燃了西斜的落日，整个街道像一块焦黄的鸡蛋，没有人知道从哪里开始吃第一口。而此时，诗人已经将一首写夕阳的诗发表在了文庙朱红色的门板上。

眩晕

每个城市都有一群患上眩晕症的人，他们大多集中在医院附近。医院在他们眼里，既是诱发眩晕的因素，也是救命的稻草。

作为通往市医院的四条路之一，南薰街有着和其他三条街明显的区别。

围着市医院的四条街中，民族街西侧是市医院，东侧是住宿区，行道树遮盖之下，看不出特点。胜利街上，药店和花圈寿衣店犬牙交错，似乎预示着人的一生。安稳之外，药店和花圈寿衣店，是必去的，谁还没个疾病了？治好的，继续逍遥；治不好的，花圈寿衣，风光大葬，一生就画上了句号。而进宁街上，则是文房四宝加文玩，似乎要告诉人们，活着的时候，有点别的追求是好的，毕竟人生苦短，纸短情长。只有南薰街，宽阔的六车道上，总有眩晕的人经过。因此，我将这条街命名为眩晕之街，它的主要状态是眩晕。

和发作时常常会感到天旋地转，甚至恶心、呕吐、冒冷汗等自律神经失调的症状不同的是，发生在这条街上的眩晕，更多的跟心理作用下的病症相似。有人会因为上午没有来得及吃早点被突如其来的低血糖搞得浑身发抖视力模糊，他每一步都像踩着云朵，软绵绵的，担心自己从坚硬的柏油马路上掉进无底深渊，那是一个让人目眩的过程：旋转、倾倒感、坠落。有人会因为下午在单行道上开车被阳光刺激而眩晕，那时候双眼会有短暂失明，根本看不清前方。很多时候，就是看到前面的路都会感觉人生没有希望，更何况一瞬间看不见了，恍惚感和眩晕感交织，让人有一种进入旋涡而无法自拔的痛苦，好在悬在空中的红灯和停在前面的车，会终止这一切，让人回到现实。

走在这条路上的每个人，都有眩晕的嫌疑。要么是被急救车呼啸着送来的，要么就是自己颤颤巍巍走来的，反正他们跟在别的街上出现时完全不一样。他们似乎被某种力量所左右，脚下无力，面无表情。

在这里上班的医生，清楚地将眩晕解释为"因机体对空间定位障碍而产生的一种动性或位置性错觉"。但是他们却说不清这条街为什么会让人眩晕，甚至他们有时候也会有同样的症状。

我一直在寻找这条街会让人眩晕的原因，可是根本没有答案。我只能从自己身上找原因。我努力回想了所有跟这条街有关的记忆，找到一条线索：很可能是一次我走在这条街上时突然眩晕，从此以后，看到这条路就会习惯性地眩晕。如果真是这样的话，那么那次眩晕是何其漫长，我至今还没有从中走出来。

其实，从进入城市的那一天开始，我就走不出这座城市的任何一条街道了。很多时候，多种状态会以混合的方式出现在同一条街，也就是说，这些街道经常互换着自己的状态。斑驳之街有时候也会让人眩晕，只不过需要洒水车不均匀且正在进行的洒水作业。水珠从喷头里高速迸发出来的时候，无数光和无数水珠组成炫目又难以描述的场景，这些水和这些光落在路面上，又形成新的炫目又难以描述的场景，你就恍惚，这是到了眩晕之街吗？城市不会给你任何答案，它在你恍惚之际，正琢磨着下一刻要变成什么样的状态。

装修：城市的内部

一

面对一幢建筑时，我们不光希望它离学校、医院和超市比较近，希望它有一眼就能让人记住的外观，还希望它拥有能满足人们多变心情的附属设施，比如水池、大面积的绿色植物以及适合孩子玩耍的小广场。

在一家五口已经没办法挤在一套只有九十平方米的两居室里这个现实出现后，我就是按照以上的标准，开始关注并且最终购买了城南这处新建小区里的房子。

当它还只是图纸上的设计时，我就开始了解它。在售楼大厅，好几个妆容精致的售楼小姐，先后指着沙盘上的模型建筑，对整个小区展开一次又一次讲述。她们似乎看透了我的心思，或者说她们已经对参观者的心理了如指掌，每一次解说，都能解决我对未来可能会居住的小区的任何困惑，都不需要我去咨询，她们就能准确地告诉我某些问题的答案。

在她们嘴里，一座建筑已经不是石头、钢铁、水泥、木头与玻璃的排列组合那么简单，而是拥有了审美、判断力以及地位等等综合因素。出于对文字的敏感，我掌握了她们话术中的一些技巧：只要小区边有一条街道，不管是主干道还是背街小巷，都可尊享一站式抵达的城市交通路网的便利；如若靠近公园的话，就是出门即可享受城市生态文明建设成果；而离此处稍远的湖泊和医院，被说成靠近优质医疗资源，零距离享受亲水带来的优雅与从容。

对于房子内部的介绍，话术再一次让我领略了词语的精妙：以匠心的建造回馈客户，用精美的设计给每一间住宅都赋予新的生命力，低密度的格局，奢华的豪宅装饰，充分彰显典雅大气的风范。这些话被她们说

213

出口的时候，我有些恍惚，就觉得这句话所包含的内容，和标准的样板间是如此匹配。此时，建筑的审美和其他价值，已经变成了单一的实用性；此时，沙发恰到好处，对面的电视也是；阳台恰到好处，远处的风景也是；灶台恰到好处，整个厨房也是……以此类推，一切都恰到好处，就缺一份购房合同，然后你就拥有了恰到好处的一切。

精致的沙盘，精致的妆容，加上精致的推介词，让我有一种已经和面前这座即将动工的小区之间有了关联的错觉，内心有一种迫不及待要拿下它的冲动。有那么一瞬间，我想起了不曾见面而经由媒妁之言促成的婚姻，充满期待，也充满风险。

在持久关注和多重作用之下，我似乎对这座小区的每一个细节有了一定的了解，又似乎说起任何细节都语焉不详。可是这种矛盾的心理，竟然没有影响我要在这里买房子的决心。而在看到这个区域要建一座图书馆之后，我更加笃定，这里将是我未来几十年的安身之所。于是，开始借钱、排号、抢房、贷款，然后就是漫长的等待。每个月四千多元的房贷提醒我，我要为这套套内面积一百三十多平方米，采光一般，位置一般的房子埋单三十年，这真是一场漫长的消耗和博弈。

拿到钥匙的那一刻，我内心很平静，没有欣喜，而是有一种被自己绑架的感觉。在办税大厅排号等待缴税的过程中，我知道我选择这里安家的梦想已经实现了，可是诸多问题却又涌上心头：我真的需要买这里的房子吗？同事说以同样的价格，完全可以在靠近优质学区的地方买更大面积的房子，我为何要如此固执？难道仅仅是因为售楼小姐的精致推销，或者是图书馆的吸引？这些问题注定没有答案。唯一明确的是，从拿到钥匙开始，我要为这套房子开始焦虑，开始忙碌，开始新一轮的债务偿还。

二

趁着"十一"长假，这套新房子进入了装修季，其实我们并不着急搬家，而是想利用北方新的供暖季对

215

新装修的房子进行一次彻底的晾干。

整个装修的关键人物姓马，是一个头发乱糟糟，看上去像韩国某个电影明星的乡下人。他说话含糊不清，带着浓重的口音，但是并不影响装修品质。他最喜欢说的是，你放心，我干装修二十年了，对这一行清楚得很。

这一点我是真放心的。不光是因为他给我同事以及同事的亲戚装修的几套房子效果都很不错，还有一点至关重要：我第一次带他去看房子，连个卷尺都不带的马师傅，竟然就能判断出房屋的宽窄高低，迅速计算出需要多少块瓷砖，需要多少板材，以及需要多少插座和开关。

在同行看来必备的技能，成了我选他的决定性因素。简单地约定了一些内容之后，装修约定就算正式达成了：装修性质为全包，软装的所有材料和劳动力全部由施工方负责，我只需要对材料的品牌和颜色进行选择即可。

没有刻意选开工的日子，一个周日的上午，我就领

216

着马师傅和两个工人进入了场地。一进门，他们三个就开始换工装，很快就默契地出现在了自己的工位上。一瞬间，整个屋子里就奏起了电钻、锤子和切割机的交响曲。

我观察了一下，他们所谓的工服，无非是一些沾着水泥和尘土的脏衣服，并不是专业装修队伍那样整齐的制服。不过，这身衣服看上去比进门前穿的那身要得体，并且更能代表他们。他们三个再也没有理我，一个专心砸墙，一个蹲在地上切割着墙面，另一个迅速地处理着地面上的杂物。

我从屋子里退出来之前，把一把钥匙递给了马师傅，彻底把这里交给了他们。随后的日子，我和马师傅的联系基本上就靠电话了，不管我要跟他说什么问题，他总是一种让人很放心的感觉。也确实如此，一个在装修市场摸爬滚打了二十多年的装修工，什么阵势没见过，什么问题没遇到过，什么人没接触过。

这也可能是他在和我交流过程中，从来不谦卑地逢迎的原因。他给我打电话，从来不称呼我的姓名，我怀疑他压根儿就没记住我姓啥，更别说我叫啥了。这并不重要，重要的事都在马师傅的掌控之中，装修开始前交代过的事情，完全没有任何问题，只有需要业主出面协调或者需要询问我的意见的事情，他才会打一个电话。并且，电话内容会简单到：窗子是半包还是全包？或者没电了你处理下之类的句子，没有问候语，也没结束语，句子直截了当得像他砸到墙上的锤子发出来的声音。

装修进入到第五天，刚好是一个周末，我专门去看了装修现场。房子已经面目全非，阳台内层的窗户，变成了废铁框和一堆玻璃碎渣。早晨，阳光越过正源街，还没被对面的建筑挡住之前，落进还没有安装外窗户的房子里，屋内的墙壁就涂上了一层浅黄，杂乱的地面，和白色的墙，被晒得暖洋洋的。

马师傅正在用切割机对整块的瓷砖进行分割，钢铁的薄片在电动马达的作用下不断地深入瓷砖内部，火星和灰尘很快就包围了正在切割瓷砖的人，房子被一粒粒尘埃组成的巨大阴影填满。在光线的照射下，正

218

在忙碌的那个人，双手收放自如，似乎正应和着一曲华尔兹的节奏，起舞。

房子也像是颇为享受这份嘈杂，或许是也在等待着被瓷砖、油漆、木材改变之后的样子。它配合着装修工人，装修工人也像驯服一头猛兽一样，从它的内部拿掉多余的部分，再填补上欠缺的部分。不断地调整之后，毫无用处的室内保温层和门框已经被清空，房子的野性逐渐变小，而带着装修工人痕迹的温顺的性格慢慢形成。

没有多久，它的身体完成了第一次重组。这个呆板的庞然大物，内部的钢筋铁骨已经被改变，原本铺好的电线和水管，变成了图纸上的记忆，它已经不怎么认识自己了，年轻的毛坯房有了一副久历风霜的样子。那些被阳光照亮过的尘土，落在墙面上，落在地面上，蒙住它的眼睛。这样，它就不会因为内部的改变而觉得难受；每一处多余的地方，要经历切割和锤打；每一块被贴上瓷砖的地面，要经历恰到好处的敲击；需要重新布置线路和水管的地方，还要承受切割机粗暴地进入，那根被磨得有些钝的钻头，也时不时会在它的内里胡钻乱探一番。

三

为了表达对马师傅和他的工友们的敬意，我分别在改水电、贴瓷砖和做家具的这三个阶段，隆重地邀请他们在同一个饭店吃过三次饭。有意思的是，每一次点的菜都一样，吃饭的人数一样多，饭桌上的话说得也一样多。

在菜上来之前，我们彼此打探了对方的工作情况。现场并没有热烈而深入的交流，也没有富有激情的问答，我们倒像是例行对话，相互之间象征性问了几个问题。好在三次对话，我还是拼凑出一个装修工人的二十年。

马师傅告诉我，年轻那时候，势单力薄，对这个世界的认识单纯，就和村里的几个小伙子一起合伙干装修。结果大家能共苦却没办法同甘，装修这一行开始赚钱的那几年他们赚了些钱，结果钱没花上，兄弟们的感情就破裂了。后来心灰意冷，跑过出租，种过地，最后发现还得干装修，毕竟手上已经积攒了一些经验。于是，一个人就成了一支队伍，先从给别人干木工开始，口碑越来越好，就开始单独揽活儿，自己主干木工，电工、油工等别的工种找别人干。总结一下，就是马师傅从木工把自己干成了一个装修包工头。

二十年的经历，分三次说完的，马师傅每次说这些事情的时候，脸上的表情都一样，并没有受二十年往事中诸如感情破裂和单打独斗时的各种不顺心的影响。或者说，马师傅脸上的表情，已经被这个城市他所经历的生活定了型，它不会因为被尊重、被敬佩、被恭维而带上笑意，也不会因为被欺骗、被冷落、被漠视而有愠色。

他平淡无奇的表情里，带着对职业的自信。相反，在他面前，我对自己的职业并没有什么信心，倒是觉得自己在装修现场是一个毫无用处的人。不过，我还是用职业特性观察过马师傅，得出来的结论是：虽然各种研究和报道中都明确地指出，随着经济发展，城市中的仇视、恐惧和怨恨气息在加重，但是在装修工马师傅脸上，你根本没办法找到这座城市对他的影响。

在装修现场，我好几次毫无顾忌地表达了对包括马师傅在内的三位装修师傅的钦佩之情。水泥和钢筋组成的建筑，在他们眼里，就像一个病人，一出生就需要救治。他们看一眼，就能判断病灶所在，并且迅速给出治疗方案。比如，他在看到厨房有两堵墙的时候，就果断地给它做了摘除手术，让厨房变得通透；再比如，双阳台内侧的钢制窗户，挡住了早上八点钟的阳光，他大锤一挥，客厅就往阳台延伸了一米。不仅如此，在对屋子的手术过程中，他们几乎不用校准仪这一类的仪器，就能准确地让一块瓷砖出现在并不规整的区域。

面对我奉承式的赞叹，他们却并不领情，一个个继续干着自己手里的活儿。我就像在手术室门口那个心里着急却使不上劲儿，只能一个劲表扬或者托付主治医生的家属一样，压制着内心的焦虑和疑惑，等待着。

想想也是，对于一幢建筑，我们能做的，只有不停查询和了解它的使用年限、户型、房屋质量、价位，以及附属的物业服务等，而对于它的内部，完全是陌生的。那么多专业术语，那么多讲究，即使已经翻过好几遍使用说明，也毫无头绪，而在马师傅他们这里，这一切变得如此简单，或者说复杂的话，也只是锤子、钻头、切割机和水泥、地板和管材的事情。

四

水电和墙体改造完成之后，就进入到装修最复杂的一道程序：铺地板。

在此之前，我考虑过用木地板，总觉得这些带着斧锯留下的痕迹的板材，留着树的纹路和疤痕，踩上去有一种接近自然的亲近。马师傅却用"不实用"三个字打消了我接近自然的念头。他的理由是，木地板的价格和瓷砖差不多，颜色不好配，后期打理不方便，所以不如瓷砖来得直接，况且现在的瓷砖流行用岩板，接近木头的质感。

他说出"质感"这两个字的时候，我有些诧异，这两个很精致的汉字，让我对马师傅的意见趋于认同。其实，不管是木地板还是瓷砖，装修工人完全可以将它们妥帖地嵌入水泥和沙子做好的基础上，并让其显得井然有序，但是马师傅用他二十年的装修经验改变了最初的设计，一种流行的岩板被作为地板开始严丝合缝地组合在一起。

这是马师傅第一次改变我的装修设想，结果是我欣然接受。其实，此前我也并没有做好接受木材作为地板的准备，只是想着要和第一套有所区别，或者说尝试一下木地板的感觉。

马师傅第二次改变我的想法，还是和岩板有关。因为第一套房子没有利用好餐厅的位置，所以第二套房子就很注意这方面的设计，原本想着，餐桌一侧做橱柜，一侧空出来挂上我喜欢的油画，如此，有秀色可餐的艺术考量，可是，在马师傅看来，这是典型的不实用主义。他的理由是，餐桌的使用率在家具中属于最高的，现在大多数人喜欢在家里煮火锅吃烤肉，不用几次，油烟和蒸汽会让一面墙变得乱糟糟，不如跟厨房一致贴上瓷砖，既好清理看上去也美观大气。

我对整个建议倒是很有兴趣，觉得他说到了点子上，结果妻子对此无法接受，贴在地上的瓷砖贴到餐厅墙上，视觉上看着别扭不说，瓷砖凉飕飕的感觉让整个餐厅显得不搭配。为此，我们三个人有了两种不一样的看法。马师傅并没有打算用大段的理论和案例说服她，只说了你们决定，我只是个建议。

结果这个建议，扰乱了进度。妻子琢磨了一阵子之后，也觉得这个建议可行，但因为此前没见过，还是对效果抱有质疑。于是，马师傅直接上手，将瓷砖贴到餐厅墙面，他说：效果好了就继续贴，效果不好拆了损失算我的。好在瓷砖贴了一半餐厅的效果就凸显出来了，于是，马师傅笑呵呵地一气呵成，一面瓷砖墙就成了我的餐厅的一部分。

即便是装修进行到了这一步，我还是对新家的装饰没有完整的概念，设计上既没有按照欧式风格，也没借鉴传统风格，只是一股脑地按照生活的需求，把瓷砖、水泥、涂料、板材等等材料往房子里填充，而马师傅要做的，是尽量在自己的装饰、点缀中，嵌入我想要的元素，或者做出我想要的效果。当然，有二十年装修经验的他，还有一个重要工作，他要化解瓷砖的呆板结构，化解板材颜色和整个房屋颜色的搭配问题，化解切割机和钢筋、模板等原料的笨拙呈现。

改变贯穿着整个装修的过程，不光是房子在变，我们最初的想法也在变。跟换地板、餐厅墙面贴瓷砖类似的改变还有很多，比如原本要改的厕所门，最后保留了原貌；原本要买一张床的书房，最后做了可以纳物的榻榻米；原本要刷漆的墙面，最后用了壁布。有那么一刻，我后悔过当时没有拟一份协议，以至于改变如此随意。不过马师傅用自己的坚持最后证明了随意的结果，他用经验弥补了我们装修功课的不足。

五

一切都在马师傅的掌控中，一切也显得那么顺其自然，我只需要不断地给送去水和饮料，并且在每一个阶段打过去相应数额的装修费，或者请工人们吃饭以表达谢意。

用马师傅的话说，其实根本不需要请客，也不需要送水和饮料，这都是应该的。我不知道别人都是怎么对待他的，我只知道我多给他做点儿事，他就能更安心地给我多做点儿。说白了，我还是在讨好他，这是对他信任所打的折扣。在他二十年的装修经验看来，我真的只需要把钱打过来，别的事情都是多余。

其实，我即便是不去看现场，不去操心进度，房子的变化还是一天一个样地推进着，电路和水管的改造，每一块瓷砖的准确覆盖，门框和踢脚线的精确关系，厨房和阳台瓷砖的色调搭配，以及墙上和木板上那些我根本搞不清楚的特定符号和数字，让整个房子变得丰满起来。

马师傅指挥着他的队伍，持续推进着，一切向好。都说装修麻烦，我却并没有感受到，我还在为我的选择而庆幸时，该来的还是来了，我和马师傅很快就有了分歧。而这分歧，来自审美和市场。

事情是这样的，装修到了装门的进度时，我们在品牌的选择上出现了不一样的意见。我执意要选知名度较高的某品牌木门，而他则以二十年装修经验和三十年质量保证为前提，强烈推荐使用某不知名品牌的木门。他的理由是，知名品牌的木门内部是填充，品牌的效应只体现在价格上，而并不是实用性。我的理解一分钱一分货，其实我对这个知名品牌并没有多少信心，只不过是觉得门面门面，知名品牌做门就有面。

装修是硬装全包的，品牌的选择权在我这里，可是钱是马师傅出，我选的这款品牌木门的预算，远超他所推荐的木门的预算，这对于他来说，是最关键的反驳点。而另一个理由也很过硬：以他二十年的装修经验，知名度高的木门品牌，真的可能不如没有知名度的木门品牌。我们各执己见，只能将选门的进度往后调整了一段时间。

"十一"的最后一天，我去了本地最大的家具市场，专门去了我中意的某品牌店，结果发现，一扇门的价格其实并不贵，而附加在它身上的锁具、门套和踢脚线的价格，远远高于门的价值。并且，从推销员躲闪的语言中，我也怀疑，展示给我的那几扇实木门，内部应该是藏着别的填充物，或者说并不是我理解意义上的实木门。

从家具市场出来，我给马师傅打了一通电话，没有妥协，但是语气已经不是那么迫切了，其实我是想再听听他的建议。他还是那几句，简单、明了，不过挂电话之前，又多了一句：你知道那帮推销员的厉害了吧？我砍了一下价，她们不依不饶，我就知道里面的水分多大了。而他判断水分的理由，除了此前给我说的之外，又加了一条：那么大一个门店，四个推销员没事干看手机，好不容易进去一个客户，可不是要狠狠地宰。

挂了电话，我才发现，马师傅能拿捏住一栋房子，能拿捏住四五个工人，能拿捏住我的心思，却拿捏不住装修市场。一个庞大的看不见底的旋涡，每一个要装修的人，都要凝视，都要深入，都要被旋涡裹挟。我在想，一个在装修行业摸爬滚打了二十年的人，在一个品牌的价格面前左右为难的原因，可能不仅仅是这个品牌已经深入人心，但是事实证明并不是货真价实，还有更深刻的利益关联。

六

等最后一道工序清洁彻底完成时，这套房子已经完全看不出原来的样子了。

灰色的墙面，已经被壁布、板材、瓷砖和涂料彻底遮盖，家的氛围藏在并不是很统一也不是很协调但很温馨的色彩中，布沙发和浅色的茶几、餐桌，以及暖色的灯饰和窗帘一起，让房子彻底变成了家。

看着崭新的一切，我得出一个结论：原来，装修就是用复杂的流程把简单变成复杂。高明的人会让复杂在实用性的基础上带上美感，而蹩脚的人只能让房子有个大概的轮廓。在窗、门、瓷砖、水电、壁纸和风格等诸多细节被装修工人马师傅用画在墙上的数字和符号整合到一起之后，我确信，房子已经变成了艺术品，虽然没办法总结它的风格。

在整个创作过程中，我一直是一个围观者，马师傅才是主导。他用二十年的装修经验，把一个空荡荡的毛坯房改造成了他想要的样子。我又想起在样板间的场景，售楼小姐们唇齿之间的那些话语，后来变成了不修边幅的马师傅含糊不清的表达。从始至终，我只是一个被支配的、被安排的角色。好在，面对全新的房子，我是满意的，就像当初面对样板间一样。

满意是多么难得的事情啊。可是到底满意到了什么程度，我说不清楚。马师傅从一开始的让人放心，到最后的让人满意，是我要求太低，还是他确实具备让人放心且满意的能力？我也说不清楚。

弗吉尼亚·伍尔夫在《一间自己的房间》里写道："房间与房间大不相同，有的安静，有的喧嚣；有的面朝大海，或正相反，正对监牢大院；有的挂满洗净的衣物，有的被猫眼石和丝缎装点得生机勃勃；有的像马鬃般坚硬，有的如羽翼般轻柔。"

一个作家，就需要这样的一套房子，它能呈现出多种状态。而我相信，在马师傅的眼里，房子只有两种：

自己装修的和别人装修的。他在第一次踏勘的时候，就有了自己的想法，每一次我们的意见有了冲突之后，他都会试图说服我，这一点就能证实他对我的房子是有野心的。在房子彻底装修完成之后，他便像一个艺术家一样，一遍又一遍地欣赏着自己的杰作。

交付钥匙的那天，马师傅特意穿了一身新衣服，蓬松杂乱的鬓发，也显得温顺了很多。他把抱着的一株红掌放在阳台上，然后走到房子中间，才掏出钥匙递给了我。这一幕，和售楼部的工作人员移交钥匙时的简单程序完全不一样，整个过程充满了仪式感，在仪式结束之后，他又一次在各个房间欣赏了一小圈，摸过了自己亲手安装的柜子之后，脸上是满心欢喜的样子。

"终于给你交工了，以后有什么问题随时给我打电话。"

"能有什么问题呢，您干活我放心！"

整个过程中，我们两个就只有这么简单的一个完整的问答。我以为马师傅会继续说些什么，或者至少交代一些注意事项，结果他并没有，他光是笑，本来不大的眼睛，只剩下一条缝。

送走马师傅，站在客厅中央看着他的杰作，我有一种不知道说什么的感觉。应该是繁复的装修终于结束了的解脱，或者说是对马师傅以及几位师傅的手艺的满意，也可能是别的什么，就是不知道从何说起。

我又陷入一种莫名的不知所措，一套房子就在恍惚与纠缠过程中变成了现在这个样子，而赋予它一切的那个人，现在彻底和它没有了关系，他像托付物品一样把它交给了我，今后的日子，该我和它一起共处了。

正在臆想，在客厅里玩积木的女儿，看到了那株刚刚摆在阳台上的红掌，突然就说了句："爸爸，你看，咱们家的房子开花了。"

是啊，在马师傅两个月的精心培育之下，这套毛坯房可不是开花了吗？

家电：纠缠或漠视

家庭作为城市的内部世界，它的装修、布局、颜色搭配，以及位置不同的各类家电，都有属于自己的表达。它们用功能划分出房屋的功能区；用动或者静的方式定义了房屋的状态；用被占有、被纠缠和被漠视的过程重组了家庭的内部氛围。在我看来，家电的每一次使用，都是家庭这个小世界的持续运行，它们完成了一次又一次的叙述，而我们却从来未认真聆听。

电视：争夺与隔膜

秋日的一个下午，阳光洒在阳台上，屋子一半被它照亮，一半陷入阴凉，寂静就这样被一分为二。我躺在沙发上，翻一本书，很快就昏昏欲睡了。这时候，大女儿突然从屋子里冲出来，迅疾打开电视机，熟练地在遥控器上摁了几下，便进入了动画片频道。这一下，寂静被彻底打乱，屋子被熊大熊二的声音填满。

对于我被突然打扰之后出现的怨气，她丝毫没有察觉。我看着她如此认真地对待一件事，也不好动怒，只能继续躺着，此时睡意已经彻底消失，索性观察起她看电视的过程。

电视里不断变化的音调和画面，不断地吸引着她，她目不转睛，一会儿为熊大熊二遇险而紧张，一会儿为光头强丑态百出而欣喜，她的表情处于一种随动画片内容切换的状态。孩子已经九岁，成长过程中我大多是作为影子存在的，平时只有下班才有机会相处，但总是被各种琐事干扰，无法腾出大段时间陪伴。周末就更不用说了，她在各类培训班里流转，我在为生活奔波，两个人相交的时间，只有入睡之后。房子使劲把我们黏在一起，可手机、电脑和电视，又硬生生把我们隔离出来，九十平方米的房子里，一家人竟然有些生疏的意思。

看着女儿，有那么一瞬间，就陷入了某种看上去毫无意义的沉思——

家里的所有电器，和居住者都有着千丝万缕的关联，但是在它们运转的时候，却鲜有人去关注它们，除非它们出现故障，在固定的时间内没有完成应该完成的工作。其实，在选购这些电器的时候，人们就本着它们沉默的特征去的，它们越沉默越受欢迎。

没有人盯着电冰箱看它是怎么运转吧？当然我那两个女儿在对万物好奇的那段时间里，不停地开关过它，那也只是对它体内的食物充满了期待而已。空调开启的时候，人们只感受到来自它的暖意或者凉爽，除了调整风向之外，没有人会看一分钟内它的叶片会扇动多少次，在这方面，它甚至不如自己的穷亲戚风扇，在年少无知的时光，很多孩子都曾经对着风扇发过呆，因此熟悉它摆动身体的节奏。越来越安静的空调，从挂到墙上或者立到墙根开始，就注定是一个不被人所关注的摆设。洗衣机和它们一样，虽然一直被需求，但是没有人肯站在它身边听它说话，就像很少有人听一个喝醉的酒傻子的话一样，当然，它被打开那一瞬间，有点像酒傻子吐了，脏水和衣服分离。微波炉，更不用说了，它明确标记的使用时间内，人们只对从其内部飘散出来的香味感兴趣，至于它是怎么让食物带上香味这个问题，很少有人去琢磨。

只有电视机是另类，它运行的时候，人们会放下手里的事情，专注地注视它。人们在选购电视机的时候，对音效、像素、品牌等等因素有着一样高的要求，因为它一旦被打开，就会迅速改变室内的状态，会让沉闷变得活跃，会让尴尬的场面变得融洽。在很长一段时间里，电视机的声音、图像、品牌，包括它的样子，都会成为焦点。电视理所当然地成了整个家庭的中心，需要一面墙来衬托它，需要一张桌子来安置它，沙发要围绕着它，茶几要依附着它，甚至吊顶和灯光，也要默契地配合它。

我们家最显著的位置，就摆放着一台65英寸的TCL电视机，它稳稳地站在长条桌上，黑黢黢地对着我们。不打开的时候，屏幕看着我们，打开的时候，画面看着我们。在妻子生下大女儿，父亲刚刚进城来照顾的那段时间，我们三个人围着茶几吃饭总是没有什么言语。为了避免尴尬，妻打开了电视机，找到了《甄嬛传》，于是，整个屋子里就有了声音，三个人的吃饭声也不显得单调乏味。那时候，父亲还有些拘谨，有一种把自己当作亲戚的感觉，电视不怎么主动看，屋子里的活儿也总抢着干，没事的时候就躲在卧室里看我带回家的报纸，或者睡觉。

还是妻子细心，看出了父亲的局促，吃饭看电视的时候，会主动把遥控器递给他，或者某个寂静的下午，会打开电视机，然后自己退到卧室照看孩子，让电视机的声音吸引父亲出来。有那么两年多时间，父亲总算是不把自己当亲戚了，会主动开电视，坐在沙发上时也会慵懒地躺下，等大女儿上了幼儿园之后，家里就剩下他一个人的时候，他甚至能让电视开一天。我们是从电费判断出来的，还有个依据是下班后回家，老觉得父亲很累的样子。最初，我总担心长时间看电视会影响

238

健康，特别是父亲突然出现眩晕症之后，我甚至藏起了遥控器，但他还是能找到。后来看到一则报道，说外国有一项最新研究显示，可以通过看电视的方式对阿尔茨海默病进行治疗。研究者认为，这是闪烁灯光以及声音节奏在起作用。这则报道说服了我，放松了对父亲看电视的约束，但是两个孙女却不管什么阿尔茨海默病，她们和父亲之间，在保持着祖孙关系的前提下，经常因为抢夺遥控器而发生"战争"。

每天晚上七点，央视《新闻联播》是父亲一天里最重要的一项安排，这个时候，遥控器在他手里，两个孩子试探过多次，想争夺主权，但都以失败告终。她们对于画面里的欣欣向荣的画面，暂时还无法理解，只能低头吃饭，等着天气预报的片花上那几匹马跑出来，还不等我们就着《渔舟唱晚》的背景音乐了解未来的气象变化，孩子们就抢过遥控器，已经将频道换到了金鹰儿童频道。前一个画面里，光头强还在为多砍一棵树绞尽脑汁，就遇到了两只胖熊的阻挠，你追我赶，不依不饶；后一个画面中灰太狼已经开始潜伏在羊群，为小灰灰的晚餐做准备了，而在小羊们齐心协力的反抗之后，灰太狼留下一句"我还会回来的"，狼狈退场。

这种抢夺有时候都坚持不到《新闻联播》结束，孩子们的意识里，动画片是一刻都不能等的，必须第一时间播放，这样才满足他们的需求。而孩子的世界，是父亲暂时接受不了的，不管是光头强还是灰太狼，动画人物和现实生活之间的差距，在父亲看来，就相当于乡下和城市的差距。他一直切换不了生活的频道，在城市里生活了近十年时间，他还保留着乡下的生活习惯，看央视新闻联播就是其中之一。

看体育比赛直播也是父亲守着电视机的主要原因，因为不怎么喜欢看体育节目，我一直不清楚父亲是怎么知道有一场比赛要上演了，每次从卧室出来，将频道换到央视体育的时候，画面上总会出现一群正在为比赛做着准备的人们。父亲喜欢的项目比较多，篮球排第一，乒乓球排第二，排球排第三，四大球里，唯独对足球似乎没什么兴趣。有一次，我看他竟然目不转睛地盯着画面上的一场斯诺克比赛。我问他能看懂吗？他笑着说，看个热闹。我知道，父亲需要电视上的热闹，进城之后，他最主要的任务是带两个孙女，其间没有多少空闲时间，因此不觉得孤单，而等孩子们上学了，整个屋子里就剩下他一个。在乡下，他可以出门约牌友打牌，或者和酒友喝酒，而在城市里，他没有朋友，虽然每次下楼遛弯总会和楼下的老头儿聊聊天，但是从他们的表情可以看得出，聊得浅得很。最后，电视成了陪伴他的主要伙伴。

可能是小时候接触电视晚，或者是在电视台工作的缘故，我对电视的兴趣并不浓，而作为中学教师的妻子，大多时间被家务事和学校的事情牵绊，根本没时间坐在电视前。我们俩因此没有参与到一场又一场的抢夺遥控器的"战争"中，不过也经常会为让父亲看比赛还是让孩子看动画片做调停。

我观察过父亲和两个孩子看电视的场景。相同点是他们都很专注，一旦进入电视所呈现的场景，就忘记自己在家中，看比赛的时候一脸紧张，似乎身边并不是安静的家具，而是呼喊的人群；看动画片时一脸轻松，整个人跟着动画人物在空中飞驰。这时候你会发现，电视将一个人在家的时空，分割成为两部分：一会儿在场，人看起来在家，但思绪却不在家中；一会儿不在场，人看起来在事件现场，却又不在事件现场。

这个过程是不容打扰的，也是不需要别人参与的。我看着他们认真地盯着电视，整个屋子，仿佛变成了一个巨大的电视，父亲和孩子在电视画面里，我在电视画面之外。我们之间隔着屏幕，隔着厚厚的一堵墙，这墙的背后是父亲的孤单，和孩子们的需求。

有意思的是，在新房子装修过程中，女儿提出一个意见，给每间屋子里都装上电视，她们的理由是，这样就不用为抢夺遥控器而发生争执了。而我想的却是，父亲有智能手机，两个孩子到了读书的关键时期，新家里不打算为电视机预留任何位置。

洗衣机：洗涤与命运

如果不是新房装修，我可能从来都不会对洗衣机这东西有任何的兴趣。

开始装修前，请装修工人到房子里踏勘，顺便拿个简单的设计出来。装修工人用二十年的装修经验，替我妥善地计划了电视机、电冰箱和空调的位置。但是后来才发现，这座新房子竟然没有为洗衣机预留位置，我们在阳台和洗手间反复确认，就是没有发现明确地标注着洗衣机位置的地方。

赶紧在业主群打听，大家似乎都在为这个问题发愁。习惯性地放阳台，结果没有下水管道；索性放在洗手间，空间又太小。洗衣机放哪儿，成了整个小区在装修设计期间的一个难题。

最后的结果是，经过权衡和设计，牺牲掉一间洗手间的部分空间，将洗衣机安置在卫浴边。安置好洗衣机之后，我一直琢磨一个问题：为什么是洗衣机？这平淡无奇的事物，怎么就成了装修开始前的一道难题。我意识到，新房子没有预留洗衣机的位置，不光是开发商留下的设计漏洞，也是洗衣机给我的一次提醒。

当某一件物品突然变得重要的时候，才会发现平

243

时对它的漠视。我开始琢磨起差点无处安放的洗衣机来。我阅读它薄薄的使用手册上的每一个字，触摸它标注着用途的按键，观察它运转时的每一个过程，甚至对它的声音、转速和外形，产生了联想和想象。

对于洗衣机最早的记忆来自乡下。童年时期，当我们坐在一个矮板凳上，在一个廉价的塑料脸盆里用同样廉价的洗衣粉搓揉着衣服上的污渍时，邻居家的院子里传来了牛一样的怒吼。他家明明养的是毛驴，于是我好奇地把头探过去看，才发现院子里立着一个白色的塑料箱子，一头连着电，一头在地上不断地流着水。才知道电视上的洗衣机，已经在我们村开始普及了，邻居不用低身弯腰双手用力搓揉脏衣服，只需要弯腰把已经洗净变干的衣服拿出来。

在乡下，洗衣服是每个女人必须要做的家务，我从来没见过男人们洗衣服，倒是经常看到女人们蹲在水边或者自来水龙头边，在盛满水和衣服的盆子里搓揉着。开心的时候，她们的动作轻柔；不开心的时候，她们会使很大劲儿，似乎要把不开心全部宣泄到衣服上。

我一直觉得，洗衣服的女人们，跟古诗词里的浣纱女一样，围在一起洗衣服，不光保持了乡下女人的美德，还成为打发庸常或灰暗生活的闪光时刻。而洗衣机的出现，为这样的场景画上了句号。

我们家是啥时候有洗衣机的，我已经想不起来了。不过每次用它洗衣服，都会想起当初听到的那一阵牛的吼叫声，它似乎成了我对洗衣机的最初想象。记忆已经不重要了，它们跟旧衣服上的尘土一样，已经被时间这台洗衣机洗得发白了，让我们回到洗衣机本身。

在我看来，外观精致、功能多样的洗衣机，简直像个成长中的孩子。衣服刚塞进去的时候，它好奇而畅快地用一股水欢迎了它们，初识的陌生感，让它保持着最初的安静，在水的不断传递之下，它开始试探，开始和衣物们交流。如果仔细听的话，间歇性的嗡嗡声中，能听出很多内容呢。随着交流的深入，洗衣机对衣服们表现出了前所未有的关切，洗衣液制造出来的泡沫，让它的内部变得暧昧。很快，低声地轰鸣，证明它们已经纠缠在了一起。这时候你要是透过罩子向内窥探的话，就会发现，它们已经不分你我，如胶似漆。可是，等衣服们在它体内待得太久了，它又显得不耐烦，几乎要暴跳如雷了。你能从它的颤抖中，感觉到事态的严重性，这时候，它自己也会报警，提醒我们，是时候结束这场纠缠了。

这一切都只是文学化的想象，你根本就没时间去观察一台洗衣机的动向。你除了知道它的价格和来历之外，对它的尺寸、型号、排水量、耗电量等等内容一无所知，更不要说它的其他功能。在电器面前，我们只有依赖，并且还是那种傻瓜式的，衣服攒到一定数量，简单地分一下颜色和类型，然后分批次一股脑儿塞进洗衣机的大肚子里，设置好时间，添上洗衣液，然后就把它忘在脑后。进水—洗涤—漂洗—脱水，易洗的衣物一遍就完成。复杂一些的，再进水—再洗涤—再漂洗—再脱水，无非把第一遍的内容再重复一次。可不是吗，我们最擅长的就是重复，简单的日子简单重复，复杂的日子复杂重复，所谓日复一日，就说的是这个过程。

洗衣机也是不断重复生活的帮凶之一，它用永远不变的流程，在周末或者晚上参与一次对生活的重复。时间久了，你就把它当成一件工具，彻底不去关注它，思考它，更不用说诗意地表达它。其实，它有自己的命运，有自己的想法和脾气。如果接着前面的文学化想象继续往下走的话，你会发现，它除了像孩子，还像一个上了年纪的智者。

西方有句谚语，You are what you wear，译成中文是衣如其人。而我的认知是衣服就等于本人，要比西方的"如其人"深一层，乡下人用旧衣服做稻草人，在人死后烧掉穿过的衣服，都证明了这一点。在城市的语境中，衣服和人的关联更多体现在穿衣服和洗衣服上。很多人对一个人的了解，往往从对方所穿的衣服开始，然后才是交流。衣服成了区别人的最直接标准。洗衣服的过程也存在这样的问题，虽然在同一盆水中浸泡着，但是被洗的过程中，清洗者对待每一件衣服时的心情完全是不一样的。

这是我的亲身感受。每个周末，妻总要把我和两个孩子的衣服堆到一起清洗，一般衣物根据颜色分类，然后塞进洗衣机，贴身衣服都经由她双手搓揉。每次洗我的衣物时，总是带着怨气，甚至有时候如果在洗衣服的时候我躺着玩手机或者看电视，会直接冲出洗手间，莫名其妙骂我一顿。而在洗孩子的衣物时，身上则泛着光，我不是男权主义者，出于对懒的辩护，我还是把这看作女人的美德。

洗衣机从来不会借由衣服来区别对待任何人，它的主要任务是洁净。其次，是打探来自衣服的秘密。一件衣服上带着一天或者几天的生活，很多件衣服上带着很多天的生活，将它们一起塞进洗衣机的时候，这些生活就开始彼此交流，彼此纠缠。洗衣机和水一起，将这些内容一一梳理，一一清理，那些你不希望被别人知道的细节，就被洗衣机洞悉了，那些你不希望被人发现的秘密，就被洗衣机窥探了，但是，洗衣机除了向城市深处排出一股又一股的脏水之外，对这些内容守口如瓶。

洗衣机替人清洗了脏污，保守了秘密，但是总有人从来都不关注洗衣机。尽管它不断通过声音或者故障来提示人们，用逐渐变大的声调和偶尔的罢工证明自己的存在，但还是被忽略，被漠视。

有些时候，甚至都忘记从它的内部取出那些已经除去了尘土和污渍的衣服，以至于延续了洗衣机的暴躁。有时候这种延续是一整夜，有时候是很长时间，洗衣机只能暗自生气，只能把气撒在被遗忘的衣服上，比如让它们变了颜色，或者带上难闻的气味，总之，人们最后会为自己在洗衣机面前的遗忘付出一些代价。

可即便如此，洗衣机也无法摆脱被搁置的命运，不管它替我们清理过多少污渍和过往。

电脑：思考与依赖

当一家人待在同一间屋子里，扮演不同身份，开展不同工作时，电脑就显得有些不够用。妻要用电脑给她的学生们网络授课，大女儿要用电脑上一整天的网课，而我要用电脑安排新闻线索、审核稿件，以及社交。一家人需要三台电脑，家里却只有两台。三个人的使用时间差不多同步，就出现了冲突。

我用的笔记本电脑，是新买的MacBook Air M1，各方面性能极佳，但缺点是没办法兼容妻和女儿用的几款上课软件，因此我只能愧疚地独享。家里的旧笔记本电脑就成了她们上课的主要工具，为了不影响彼此，妻用电脑上课的时候，女儿用手机听课，对着小小的屏幕，她小小的脸庞总出现一些愁容。这个情况下，再买一台电脑是不现实的，妻就想办法申请将学校里的办公电脑带回了家，网课第三天，家里电脑紧张的问题算是顺利解决。

看着一家人同时对着三块电脑屏幕忙碌，才发现，电脑早已经从单位打入了家庭内部，并迅速改变了家庭生态格局，而记忆里跟电脑有关的信息也被这一幕一一激活……

第一次碰电脑，是上高中那会儿，时间刚进入新千年，新闻里说生活进入了计算机时代，但是在偏僻的西北小县城，电脑还是稀罕物。它们被摆在学校的电教室里，像文物一样等着参观。进入前，要换上鞋套，使用前要洗手。我已经完全想不起第一次使用电脑时的兴奋了，脑海里全是网吧遍布县城之后，我们把自己困在电脑前没日没夜地打游戏看电影的场景。

我是个脑子比较简单的人，因此，经常在一些在别人看来没有意义或者不用费周折的事情上瞎折腾。第一次买电脑，就花了新电脑的价格买了一台内存小还经常无故关机的二手电脑。原本是要去买一台新电脑，结果在学校内的电脑专卖店门口被高年级的学生拦住，不知道当时经历了一个什么样的过程，一手交钱一手交货，一台二手电脑就被我抱回来了。兴冲冲用了一周就发现诸多问题，幸好那时候我对它的需求仅仅是搜索信息和用Word软件写论文，对别的性能要求不多。

我曾经被电脑为什么叫电脑这样的问题纠缠，答案还是来自电脑：因为电脑具有存储、记忆能力、逻辑判断能力、运算能力以及自动执行程序能力。它能做许多的事情，可以进行数值计算、信息管理、图片及文字处理、生产进程控制、辅助工程应用等等，能够智能地去做一些事情，相当于脑子一样，但是它是用电的，所以叫电脑。

这个答案和我自己给出来的差不多，并没有让我有多少收获，但似乎经由电脑这么一解释，我就有了心理上的恍然大悟之感，凡是电脑说对的就一定是对的，凡是电脑说不对的就一定是不对的。

一直以来，电脑被视作集体状态下的交际工具，它将处于室内的一个个封闭个体，用一张看不见连接在一起，外延看到谁也不知道哪里是边界。随着对电脑的熟悉，对它的依赖也日渐深入。年度总结不会写，上网搜；主题作文不会写，上网搜……遇到任何事情，大家都喜欢搜，复制粘贴可能是做得最熟练的操作，因此，在年度总结报告中，经常看到时光如梭如何如何，在学生的作文中，经常能看到好多人在同一件事上有一模一样的经历和感慨。一些人的纸上生活和另一些人的雷同，且没有多余的情感因素。

我们都知道，一开始，电脑是为了帮助人们去工作的，但是现在看来，电脑经常对工作造成影响。当我以工作的名义打开一台电脑，等待开机的间隙，我为什么打开电脑这件事已经开始变味。网络界面出现之后，无意识地在各种网站和视频里游荡起来，有些是受弹出信息的引诱，有些纯属习惯，就比如打开中国作家网。真正想起要做什么的时候，时间已经走了好远，剩下的时间明显不够用。缓慢地进入工作状态之后，才发现自己还在刚才浏览的信息里，无法自拔。

办公室里的电脑如果有自己的思维和想法的话，一定会很纳闷，为什么坐在对面的两个人不直接对话，而是隔着电脑屏幕在社交软件上交流。它应该能分析出来，这个过程中，两个人会省略说话前的心理建设，省略如果拒绝时不方便出口的尴尬，省略说违心的话或者假话时的不安，网路替两个人或者更多的人做了防火墙，挡住了交流障碍和交际缺陷。

在家庭中，这种省略也持续着。电脑进入了家庭语系之后，迅速超过电视，和手机平起平坐，成为家庭内部最重要的电器的趋势。如果说电视把人和丰富多彩的外界联系到了一起，那么电脑则将人和一个大得没有边界的外部世界连接在一起。前者的可选择性相对来说比较小，电视台的工作人员决定了你在什么时候看到什么节目，而后者不会，它随时可以切换到任何模式，娱乐、探知，或者隐秘，都能在鼠标之间实现转换。

大女儿已经到了对万物好奇的年龄，可是她想知道人是怎么来的，不会去问妈妈更不会来问我，而是直接问电脑。我是在清理浏览痕迹时发现这个现象的。她搜索过的其他问题还有：被同学孤立怎么办？如何提高英语成绩？女大十八变是什么意思？这类问题，在我成长的过程中也遇到过，当时是怎么解决的，已经彻底想不起来，或者说很多问题到现在就没有解决。不过这一切已经不重要了，我的童年还没有电脑，这些问题不会留下任何痕迹，完全可以当它们不存在。

而家庭里出现的很多问题没办法当它不存在，它就在我们眼前，需要我们给出解决方案。装修房子上网搜视频资料，遇到孩子不会做的题目上网搜答案和解题过程，一些稀奇古怪的问题也都在网上寻找过蛛丝马迹，有一些问题电脑给出了答案，有一些问题经电脑一参与竟然越来越迷糊。时间久了，大脑的思考力变弱，对电脑的依赖越来越严重。手机作为小型的电脑，更是快要成为身体的一部分。以前我们为家人的头疼脑热烦恼，现在家人头疼脑热了我们去搜索，我们开始担心电脑的内存、速度，担心手机的电量和流量。家人出门一天没回家，经常毫无察觉，而一旦停电、欠费，甚至信号弱、电量告急，内心就开始惶恐。

电脑还是电脑，不断从庞大变得轻巧，从笨拙变得迅速，使用它的人，给自己创造了一个虚拟的世界，一会儿在古战场里厮杀，一会儿在现代的氛围里劲舞。电脑有时候是银行，有时候是超市，有时候是医院，它从电脑这两个字衍生出数不清的功能，就像它体内的病毒一样，不断满足人，不断让人变得依赖。于是，每天无节制地增加使用电脑次数，对现实生活的兴趣越来越低，对物质的需求逐渐减少，总能在网络上找到最便宜的衣服和用品。一旦不使用电脑就无法继续工作；一使用电脑或上网就消散了种种不愉快；对某领域的信息越来越感兴趣，却对社会热点漠不关心……一种叫电脑依赖症的精神领域症状，开始在人与人之间传播。有意思的是，对于这个症状的描述也来自电脑。而更有意思的是，隔着电脑屏幕，温和的人可能正披着马甲对某个人进行着最恶毒的人身攻击，暴躁的人可能在某个凄惨的故事里泪流满面。人在电脑面前，成为戴面具的人，陌生人之间如此，同事之间如此，家人之间亦如此。

电脑带给我们的这些伤害，很多时候我们深陷其中，但并不会醒悟。电脑的吸引力太大，不给我们琢磨的机会，而对身体外在的伤害，是直接而又敏感的。经常听同事说，肩周炎犯了，腱鞘炎犯了。看着他们痛苦的表情，再看看那一排排已经变形或者说磨出包浆的键盘，才意识到，这东西竟然如此厉害。仔细想想，在众多家电中，也只有电脑会对身体造成伤害，并且还是那种日复一日毫无察觉的伤害。

伤害最直接的是手部关节，我们熟练地滑动鼠标的过程中，手指开始适应鼠标的外形，长时间的敲击之下，指头的灵活度越来越高，手指的形状却和鼠标的形状越来越匹配，并且从内部开始的僵硬，最后到一定程度就以刺痛的方式告诫我们，依赖是有代价的。肩周和颈椎是紧接着被电脑伤害的部位，我们总是很信任地盯着它，从它的身体里获取信息，没承想，它让我们的肩周和颈椎开始变得和电脑的身体融为一体，僵硬，死板，一旦要运动，来自骨骼的疼痛会让人很不好受。眼睛也是受害者，只不过和其他部位比起来，疼痛感要轻一些，最多是视力模糊，从网上下单，买一个近视眼镜，这一切就解决了，可是心理的依赖用什么来医治呢？

看过一组漫画，内容是一个人头上顶着一台电脑坐在办公桌前，站在马路上，躺在床上，行走在生活中。当时没觉得这组漫画有什么特别之处，现在想想，真的有些后怕。按照目前的趋势，担心未来有一天，人们从梦中醒来的时候，像卡夫卡的《变形记》里人变成甲壳虫一样，每一个沉迷电脑的人头上，顶着一个硕大而沉重的电脑。